illustration : Quentin Blake

Scripto

Eliette Abécassis, Kebir M. Ammi, Pierre-Marie Beaude,
Philippe Besson, Quentin Blake, Jean-Noël Blanc,
Pierre Brunet, Patrick Chappatte, Philippe Claudel,
Fabrice Colin, Laurence Cossé, Jean-Félix de La Ville,
Christine Destours, Jacqueline Duhême, Marc Durin-Valois,
Eugène Ebodé, Elise Fontenaille, Valentine Goby,
Patrick Goujon, Brice Homs, Yves Hughes, Anouk Journo-Durey,
Anne Kerloc'h, Alain Lanty, Christine Lesueur,
Jean-Claude Mourlevat, Mikaël Ollivier, Pef, François Place,
Rabaté, Marie-Sabine Roger

De l'eau de-ci de-là

Solidarités
Aide humanitaire d'urgence

Gallimard

Pour nous, ici, l'eau coule de source, abondante, bon marché et potable. Au point d'en devenir aussi banale que de tourner le robinet. Elle est pourtant un miracle quotidien essentiel à notre vie.

Là-bas, pour plus d'un milliard d'entre nous, l'eau est rare, souvent éloignée, insuffisante et, même quand elle est proche, trop souvent l'eau est insalubre et dangereuse.

Choléra, typhoïde, des noms qui nous semblent surgir de la nuit des temps et qui sont pourtant d'une terrible actualité, celle d'un drame silencieux et oublié. L'eau est la première cause de mortalité dans le monde.

A SOLIDARITÉS, nous savons que ce n'est pas une fatalité. L'expérience et l'expertise nous enseignent ce qu'il faut faire. C'est une question de volonté, de moyens et de coopération. Captage de source, puits protégé, adduction d'eau, station de potabilisation, il y a toujours une solution adaptée.

Telle une gerbe, ce livre est une alliance nouée par L'Écrit du Cœur, qui porte si bien son nom, avec les éditions Gallimard Jeunesse et son prestige, les écrivains qui offrent leur talent, les volontaires de l'action humanitaire et tous les lecteurs associés à ce combat de l'eau pour la vie.

Pour chaque livre acheté, un euro cinquante sera reversé à SOLIDARITÉS pour agir. Infiniment, nous les remercions.

Alain Boinet
Fondateur et Directeur Général
de SOLIDARITÉS

Par ce livre, l'association L'Écrit du Cœur soutient l'association SOLIDARITÉS, dont l'une des priorités est l'accès à l'eau pour les populations les plus démunies. Flux de l'eau, flux de mots, flots de paroles et flot de vie, nous avons voulu laisser couler une encre lucide mais pleine d'espérance pour raconter notre fascination pour l'eau, toutes les eaux, celles du ventre des mères, celle des fleuves qui tarissent, celle des sources miraculeuses et des moussons qui tardent, l'eau chlorée des piscines, l'eau rare, rouillée, l'eau qui manque, l'eau des larmes, eau de vie et, parfois, eau de mort. Matériau inépuisable de poésie, de drames humains, dénominateur commun universel, nous souhaitons lui rendre hommage et saluer le formidable travail de SOLIDARITÉS.

Puisse la sensuelle prose d'André Gide trouver un écho dans notre avenir : « Plus de sources jaillissent de terre que nous n'avons de soifs pour les boire (...). Les plus grandes joies de mes sens ont été des soifs étanchées. »

Créée en 2003, l'association L'Écrit du Cœur a pour vocation de fédérer des écrivains et responsables du monde de l'écrit autour d'actions de solidarité, en soutenant des associations reconnues pour leur compétence sur le terrain.

Publication de livres ou création d'événements, il s'agit d'engagements forts qui concrétisent les propos de l'écrivain Sony Labou-Tansi : « Je crie et j'écris pour qu'il fasse homme en moi. » L'association permet à des hommes et des femmes d'offrir ce qu'ils ont de meilleur au service de causes qui leur tiennent à cœur ; ce par quoi, dans la cacophonie du monde, ils se font le mieux entendre : l'art d'écrire.

Heureuse du succès d'un premier livre solidaire au profit du Secours populaire français (*Bonnes Vacances,* publié par Gallimard Jeunesse en mai 2004), l'association L'Écrit du Cœur a de nouveau sollicité les plumes d'une vingtaine d'écrivains, mais aussi des paroliers, illustrateurs, dessinateurs pour raconter l'eau sous toutes ses facettes.

Valentine Goby
pour L'Écrit du Cœur

L'eau

de Eliette Abécassis

C'était la nuit, sur le pont du bateau
Dans la brume, la terre disparaissait
Tu m'as dit : ce n'est pas la fumée
C'est la sombre clarté de l'eau

Dans la brume, la terre disparaissait
Ce n'est pas la fumée, c'est la nuit
Ensemble on partait, sur le paquebot
Loin encore plus loin sublimés

Ce n'est pas la fumée, c'est la nuit
C'est la nuit qui nous fait parler
Livourne dans la brume s'enfuyait
Tu m'as dit sur le siège du parvis

C'est la nuit qui nous fait parler
Car la nuit entoure les amants
Comme le sommeil qui est leur tourment
Loin derrière nous la terre se mourait

Car la nuit tombe sur les amants
Ferme les yeux, clos les paupières
La nuit c'est l'heure de quitter terre
Et l'on a peur en se séparant

Ferme les yeux, clos les paupières
Nuit noire de la mer pleine
Mais laisse-nous parler en ton heure sereine
Et se dire tout avant d'éteindre les lumières

Nuit noire de la mer pleine
La terre n'existait plus, nous étions seuls
Nous, face à face, sans orgueil
Au loin coulait la mer coulait la Seine

La terre n'existait plus, nous étions seuls
Nos âmes se touchaient, nos corps se parlaient
Sur le bateau, ton navire, mon cœur chaviré
Cherchait ton regard sur la mer sans écueil

Nos âmes se touchaient, nos corps se parlaient
Ce n'est pas la fumée, c'est l'eau
Qui nous lie l'un à l'autre, c'est l'eau
Ce n'est pas la fumée, c'est l'eau qui nous crée.

L'autre visage de la mer

de Kebir M. Ammi

Je regarde la mer. J'ai envie de marcher. Sur elle. De courir. J'ai quinze ans. L'âge de toutes les audaces. Rien ne m'interdirait de me vêtir de bleu et de devenir l'une des vagues qui vont dans une parfaite insouciance d'un bout à l'autre du monde.

Je regarde l'horizon. Mur blanc sur lequel glissent des ombres. Chacune d'entre elles me fait un signe. Je me garde de leur répondre trop ostensiblement. Je parle avec les yeux. Elles comprennent cette langue secrète qui nous unit.

Je découvre brusquement que le ciel n'est pas un simple ciel, qu'il est l'autre visage de la mer. Je réalise, sans pouvoir pourtant le formuler, que l'un n'est pas seulement le prolongement de l'autre, mais qu'il ne peut pas être sans l'autre, qu'il lui manquerait l'essentiel.

J'observe tantôt l'un tantôt l'autre, comme dans une tentative de prendre l'un ou l'autre en défaut. Peine perdue. Ils sont unis envers et contre tout.

Je regarde cette mer. Elle parle et je l'entends. Elle parle sans se soucier d'être démasquée.

Jusqu'à ce jour, je ne connais que le ciel d'une ville, Taza, que des hommes ont bâtie loin de la mer. Je suis né dans cette ville, à l'autre bout du Maroc, à l'est, dans l'intérieur des terres. Son ciel, inconsolable, cache une blessure ancienne. Découvrirai-je un jour la raison de cette blessure ?

Je regarde la mer. Je regarde le ciel. Je regarde l'étendue bleue qui court en tous sens. Dans l'ivresse de l'instant, je ne sais plus par moments où commence le ciel et où s'achève la mer. Ils se mélangent avec fureur.

Je ne sais encore rien de l'exil. Je n'ai pas idée que de l'autre côté de l'horizon se joue une partie de ma vie. Je veux franchir l'horizon. Et je le franchirai. Je partirai puis je reviendrai.

Pour l'heure, j'ai quinze ans et je regarde la mer. Cette mer bleue. Je m'entête à dire la mer. C'est l'Océan. Bleu. Blanc parfois. Gris souvent.

Je me laisserai glisser sur l'eau et je franchirai une porte invisible. Pour partir où ? Je ne le sais pas encore. Mais je partirai. Je plongerai dans ce livre immense, cet océan fait de chapitres inachevés et de phrases qu'il ne viendrait à l'idée de personne d'expliquer et qui attendent que je les lise à haute voix. Qui peut dire qu'il y a là des couloirs qu'il conviendrait, peut-être, de ne pas prendre ? La tentation est si grande. Le ciel pourtant, où sont écrites les vies des hommes, lit à haute voix mais nul ne l'entend.

Quelquefois pris de vertige, le ciel, lorsqu'il est épuisé de courir, se pose sur la mer. Il se défait de ce qu'il est et il se mélange à la mer comme pour alerter ceux qui peuvent l'être encore. Mais les prévenir de quoi ?

J'ai quinze ans et j'écris, dans la lumière du petit matin, avec des signes que nul ne voit, que le ciel est l'autre visage de l'Océan. Il n'y a pas de véritable séparation entre le ciel et l'Océan. Aucune frontière réelle ou supposée. Ils se font face. Ils se répondent. Ils sont le reflet l'un de l'autre.

A l'autre bout du Maroc, où je suis né, il n'y a pas d'Océan, le ciel est notre seul Océan. Un peu l'Océan du pauvre. Il joue en virtuose de sa lumière ambiguë comme d'une arme. Ses humeurs sont une énigme. Ce n'est pas un ciel facile, de carte postale qui se donne pour ce qu'il n'est pas. Mais un ciel qui n'a que faire de plaire aux gens de passage. C'est un ciel changeant. Inattendu. Un ciel qui a du caractère. Il continue aujourd'hui encore à tenir pour moi lieu d'Océan. Je renverse la tête et je vois dans le ciel ce que les gens des mers ne voient que dans les Océans. J'entre subrepticement, et à son insu, dans ses pensées secrètes.

J'ai quinze ans. Je regarde la mer. Nous avons roulé toute la nuit. Dans un vieux car.

Je ne dors pas pendant que le véhicule tressaute. La route est difficile, étroite, sinueuse souvent. J'arriverai exténué dans la grande ville et j'irai tout droit vers la mer. Je n'en ai pour l'instant qu'une image figée. Celle entrevue dans des livres.

Je ne saurai jamais qui a eu l'idée de ce voyage à Rabat. Je me prépare fébrilement. Je prends deux chemises, un pantalon dans un sac… Je vais voir la mer. Je rêve de ce jour depuis longtemps. Je viens de lire, il y a peu, *L'Ile au trésor, Robinson Crusoé…* des histoires où l'eau est… le personnage principal ! Lorsque nous arriverons à Rabat, je me précipiterai vers l'Océan et j'essaierai non pas d'imaginer mais de *voir* les pirates dont parle Daniel Defoe… Je ne rêve pas encore de devenir écrivain, mais j'écris d'incessants bouts de phrases dans ma tête, dans mes yeux, mes mains, le ciel… J'emmagasine tout, sans savoir que cela me servira un jour, sans savoir que je suis déjà en train d'écrire…

Nous avons traversé le Maroc d'est en ouest. Nous avons franchi un col difficile. Le col du Touahar. Le chauffeur, une tête de loup, un pied dans la tombe, ne semble pas inquiet, lui. Nous nous arrêtons souvent. Des voyageurs montent ou descendent à des hameaux, des villages, des bourgs.

Je m'impatiente, mais je ne dis rien, je suis pourtant tenté de demander à ce vieux chauffeur combien de fois il va s'arrêter encore et s'il a vraiment l'intention d'aller jusqu'à Rabat… Ma sœur est avec moi. Elle dort. Paisiblement. Je lui en veux. Sur son visage, le masque de la sérénité. Elle s'en fiche, elle, de la mer.

Je ne perds pas de temps lorsque le car s'arrête dans la grande ville. Je laisse tout tomber et je cours en direction de la côte. Je sens l'air du grand large, je n'ai pas besoin qu'on me guide. Je cours, je suis mes sens, on me bouscule, j'entends des cris, des hurlements, des klaxons de voitures, je manque me faire renverser mille fois... J'oublie ma sœur, je cours dans les rues de la ville, je cours comme un aveugle... enveloppé dans le drap du petit matin.

Voilà l'Océan, au bout de la rue, calme, en ce matin de printemps, j'ai envie de marcher sur l'eau, de sauter sur les vagues endormies. J'ai envie de courir sur l'horizon. Fil tendu.

L'excitation est à son comble. Le plus audacieux de mes songes n'a jamais osé me montrer l'Océan comme je le vois.

Je resterai là, immobile, pendant des heures, m'efforçant d'imaginer ce qui se passe de l'autre côté de la mer. Toutes sortes d'idées folles me traversent l'esprit.

Et si je m'habillais en bleu ? Les vagues me prendraient pour l'une d'entre elles et me laisseraient courir jusqu'à l'horizon.

J'ai le sentiment que je suis toujours debout, immobile, face à la mer.

J'ai franchi l'horizon, vu ce qui se cache derrière le mur bleu. Je reviens souvent dans cette ville qui célèbre, à chaque fois, et rien que pour moi, les noces du ciel et de la mer.

Un garçon de quinze ans, un jeune homme têtu, continue de regarder le ciel et la mer. Il considère avec mépris le passage du temps dont il sent pourtant le froissement de ses ailes sur ses épaules.

J'ai besoin de me tenir dans cet endroit. Je songe alors au ciel blessé de mon enfance. Je m'efforce de croire que j'ai déchiffré sa blessure. Je regarde devant moi, heureux d'avoir trouvé l'autre morceau du puzzle, le complément du ciel.

L'Océan, miroir du ciel. Son autre visage. J'ai besoin de revenir là car j'ai besoin de ces deux morceaux pour être. Comme pour me procurer l'illusion que le ciel de mon enfance donne le sentiment d'être apaisé, réconcilié avec lui-même.

Paris, février 2005

Comment le moula moula sauva la caravane du sel

de Pierre-Marie Beaude

Le Hoggar. L'Airbus se pose sur la piste de Tamanrasset, ruban d'asphalte au milieu du désert. Un avion, le nez piqué dans la dune, m'avertit de ce qui arrive quand on ne fait pas attention aux particularités du pays. Je connais déjà la ville, Tam comme on dit. J'y suis venu un an auparavant, en groupe. On était allé voir Djanet et ses sables ocre rouge qui vous restent gravés dans l'esprit.

Je reviens seul. Hamou m'attend à l'aéroport. Nous partirons tous les deux dans son véhicule tout terrain. Il m'a prévenu : pas question de tenter le diable. Le diable, d'ailleurs, je ne suis pas sûr qu'il aime ce pays : trop beau, trop sublime. D'accord, Hamou, on se contentera d'un petit tour dans les Tassili du Hoggar. D'ailleurs, je n'ai qu'une semaine, soustraite à un agenda surchargé.

15 avril

Tin Tarabine, un oued de grande taille dont on suit facilement le tracé sur la carte d'Afrique. A la sortie de Tamanrasset, nous avons chargé sur le toit, à côté des bidons d'eau et de gasoil, le tronc d'un acacia mort. Nous avons salué des gens en voie de sédentarisation, qui ont fixé leurs tentes à une vingtaine de kilomètres de la ville. Ils ont dressé des palissades pour protéger du sable quelques cultures potagères. Les ânes vont où ils veulent, les enfants gardent les chèvres. Je ne vois pas de puits, je le dis à Hamou qui fait demi-tour pour que j'observe le trou d'eau, à peine visible. Ces trous où l'eau affleure, on les appelle des abankors. On peut dire aussi des oglats, j'ai lu ça, je me souviens, dans *Méharées*, le livre de Théodore Monod. Hamou prépare le feu, cuira la taguela, tout à l'heure, dans le sable et les braises. On l'accompagnera de thé à l'armoise. Je m'éloigne un peu, histoire de retrouver l'ambiance de solitude que j'ai découverte l'an dernier. Un chameau m'observe, se déplace à mesure que je cherche à l'approcher. Quelques oiseaux autour des euphorbes. Le vent.

Il y a quelques années, Hamou a vu Tin Tarabine rempli d'eau, suite à des orages nés dans les montagnes. Il m'a montré, tout à l'heure, la croûte craquelée qui témoigne encore de ce déluge béni. L'eau. Je serais bien en peine de l'y trouver. Pourtant les signes sont là : les acacias, les euphorbes, les oiseaux ne pourraient pas vivre sans elle. Par deux fois, aujourd'hui, j'ai observé un rapace de belle taille, le percnoptère d'Égypte, qui vit dans les massifs montagneux.

Elle est là, dit Hamou, avalée par les sables. Les abankors, explique-t-il, sont ces endroits où l'eau qui a dévalé les pentes du Hoggar est arrêtée par un verrou rocheux enseveli sous le sable. Les Touaregs savent qu'en creusant à tel endroit, on la trouvera. Pour repérer les abankors, Hamou me dit qu'il suffit de mémoriser la forme des rochers, le tracé des oueds. Il tient tout cela de son père. La montagne au pied de laquelle nous allons camper s'appelle Zazer Argan, ce qui veut dire « la bosse du chameau ».

16 avril

Le jour m'a réveillé. Je n'avais pas tardé à m'endormir, après avoir regardé les étoiles, intenses dans le désert où la lumière des villes ne dérange pas. Une gerboise a profité de la nuit pour venir chercher quelques restes de nourriture. Elle a fait le tour du tapis qui me sert de matelas. Salut, la belle. Ces quelques griffures sur le sable sont un joli cadeau. C'est gracieux et léger comme des pas de danse.

Pendant le déjeuner, deux petits oiseaux noirs et blancs nous observent. Ce sont des moulas moulas. Peu farouches, ils se posent sur les perchoirs improvisés du campement : le capot du 4x4, mon sac à dos, le plat à semoule. Ils se rapprochent, d'un vol tendu ; on croirait qu'ils jouent aux chaises musicales. Hamou m'a déjà parlé, l'an dernier, des moulas moulas, les amis des Touaregs.

Nous quittons l'oued Tin Tarabine. Hamou veut me faire voir des abankors. Je ne sais pas trop comment il fait pour se repérer dans ces cordons de dune. Il a bien une boussole, fixée près du volant, mais il ne paraît pas s'en servir.

Trois jeunes Touaregs sont là. Vingt ans, pas plus. Vêtus de noir. Hamou salue, discute avec eux, pendant qu'à l'aide de calebasses, ils remplissent d'eau les peaux de bouc qu'on appelle des guerbas. J'apprendrai qu'avec leurs trois dromadaires, ils viennent d'Agadès et font route pour Tam. Je calcule dans ma tête, cinq ou six cents kilomètres. Ils savent se repérer aux étoiles, à la forme des dunes, au tracé des oueds, ils ont la précision qui permet de survivre dans ce pays où la moindre erreur est fatale. J'ai appris du désert que tu dois toujours finir par arriver au puits. Pas d'approximation. Tu passes à cinq cents mètres sans le voir, c'est la mort assurée. Que vont-ils faire à Tamanrasset ? Hamou n'en sait rien. Acheter du sel peut-être, ou du mil, ou vendre quelques objets.

17 avril

Le thé, bien sûr. Le rituel, la façon de l'aérer en le faisant tomber de haut dans les petits verres. Hamou en boit cinq, six, dix fois par jour. C'est sa médecine, son régime vitaminé. Ça vaut tous les oméga 3 dont on nous rebat les oreilles, là-bas, dans l'étrange pays survitaminé d'où je viens.

Camping à Youf ha Haket. Site enchanteur. Je marche deux heures dans les environs. J'adore me savoir seul, à deux cents kilomètres de la première ville. Je me promène au hasard, sans perdre de vue le repère visuel que m'a montré Hamou, pour le cas où je me perdrais : un rocher assez haut, déchiqueté, qui ressemble à l'œuvre d'un sculpteur moderne, je ne pourrais pas le manquer. Je vais le nez en l'air, je respire le vent chaud ; j'observe le sol, à la recherche des pointes de flèche qui remontent parfois du sable. Jadis, le pays était fait de savanes giboyeuses, avec des marigots, des rivières. Les flèches sont celles de chasseurs d'il y a plusieurs millénaires ; ce sont les seules choses qui refont surface, avec parfois une pierre en forme de meule. Reliques du temps où le Sahara était beau comme le paradis.

18 avril

Hamou et moi buvions le thé, hier soir, quand le vent s'est mis à souffler en rafales. Je me suis protégé du mieux que j'ai pu, allongé sur mon tapis de mousse, avec le Sahara entier pour chambre à coucher. J'ai bien ajusté mon chèche, et disposé par-dessus mon anorak. Le sable pénètre partout ; j'ai ménagé un petit trou, à la hauteur du nez, pour respirer.

Dans la nuit, Hamou s'est levé pour inspecter le véhicule. Il arrive en effet que le vent creuse sous les roues. On retrouve le 4x4 renversé, chose à éviter si on veut rentrer vivant au pays !

Le vent souffle encore au matin. J'ai du sable ocre dans les cheveux, dans les yeux, dans ma barbe de trois jours. Hamou m'emmène faire un tour sur le site rocheux, en attendant que le vent se calme. Au retour, de grosses gouttes tombent des nuages gros de sable et s'écrasent en larges flaques. La queue du sirocco, me renseigne Hamou. Il y a toujours quelque semblant de pluie à la fin du passage du vent chaud.

19 avril

Depuis les Touaregs des abankors, nous n'avons pas croisé un seul être vivant. Nous roulons tranquillement. Hamou a percé un pneu sur les pierres acérées. Il répare, regonfle avec un compresseur. Tout cela sans salir sa djellaba claire.

Nous repartons, il me raconte comment il a sauvé quelqu'un, il y a trois ans. Un jeune Allemand qui convoyait une voiture avec un ami. Ce genre de trafic est courant : on achète une vieille voiture en Europe, on lui fait traverser la mer et le désert pour la vendre en Afrique noire. Hamou accompagnait un groupe de touristes. Il s'est éloigné pour chercher du bois. Quelque chose a bougé, il a cru à un animal. C'était un homme, qui avançait à quatre pattes. Il avait le visage crevassé. Hamou l'a vu et l'a sauvé par pur hasard. Un médecin faisait partie du groupe ; il a réhydraté le jeune Allemand dont voici l'histoire.

A Tamanrasset, le copain qui l'accompagnait n'a pas voulu aller plus loin. Hans – c'est le nom du jeune Allemand – a décidé de continuer tout seul, par la Transsaharienne. La Transsaharienne, c'est un bidon tous les deux ou trois kilomètres pour marquer la direction. Pour le reste, tu te débrouilles. Hans s'est vite égaré et, bien sûr, ensablé. Il a pris le bidon de quatre litres d'eau qu'il avait en réserve, et a tenté de rejoindre Tamanrasset à pied. Le premier jour, il avait déjà tout bu. Ensuite, il a marché sans boire, quatre ou cinq jours peut-être, il ne savait plus très bien. Il mangeait les coloquintes qu'on trouve dans le creux des dunes. Les gazelles les connaissent et les mangent. C'est très amer, dit Hamou, et ça donne des coliques. Heureusement pour lui, on était en décembre. Sous le soleil d'avril-mai, il n'aurait pas tenu deux jours. Les militaires ont remonté ses traces, quelques jours après, pour récupérer la voiture. Ils ont dit qu'il avait fait environ deux cents kilomètres en zigzags, alors qu'il n'était pas à plus de trente kilomètres de la ville.

20 avril

Nous avons traversé une partie du Ténéré. Grande plaine désespérément plate, jaune gris, où le sable et le ciel se confondent. Chaleur écrasante. Hamou s'arrête pour me montrer, au ras du sol, un affleurement de roches décorées de gravures. Un beau fourmilier, deux girafes. Petit souvenir des ancêtres africains qui vivaient là, quand le pays ne manquait pas d'eau.

Hamou a éteint son moteur, pour éviter la surchauffe. J'ai une bouffée d'angoisse en imaginant ce que nous ferions si le moteur... ne redémarrait pas. Le Ténéré m'oppresse. Depuis hier, je rêve à ce que je boirai en rentrant à Tam. J'imagine de grands verres d'orangeade, avec une larme de whisky pour tuer les parasites. L'eau qu'on boit chaque jour est tiède malgré les efforts d'Hamou qui suspend la guerba à l'extérieur du véhicule pour que le vent la rafraîchisse.

21 avril

In Tehog. Une poignée d'arbres, tamaris et acacias. Un couple d'oiseaux verts et jaunes, de la famille des traquets, je crois. Des épines d'acacia, des crottes de chameaux. Pas de chèvres, elles ne parviennent pas jusqu'ici.

L'eau est là, dans le creux de la terre. Hamou débarrasse l'entrée du puits de sa protection contre le sable : un pneu surmonté d'une plaque de ferraille et d'une grosse pierre.

Il faut un seau et quelques longueurs de corde pour remonter l'eau. Je me penche au-dessus du trou, je la vois, à quelques mètres. Ma joie de boire l'eau fraîche tourne court. Elle est saumâtre, soulève le cœur. Je préfère encore celle de la guerba, brassée par les cahots de la piste. En revanche, la douche est délicieuse. Hamou me verse les seaux sur la tête. Un régal. Plus tard, bien à l'écart pour ne pas souiller le puits, il lavera ses vêtements et les étendra sur les branches d'un tamaris.

Sieste, à l'ombre relative des acacias. Les deux oiseaux se parlent. Je ne sais pas si c'est de nous. Des bouffées d'air torride nous viennent du désert, s'infiltrent sous les arbres. On dirait qu'un géant à ouvert un four, quelque part derrière l'horizon.

22 avril

Demain, je reprends l'avion. Dernière nuit sous le ciel clouté d'étoiles diamantées. Hamou a mis un point d'honneur à conserver des œufs, bien à l'abri des chocs, durant tout le voyage. Nous mangeons la semoule, quelques maigres légumes, les deux derniers œufs. Il me raconte des devinettes touaregs que je m'empresse de noter :

– J'ai trois choses : une vivante, une morte, une vivante.

Réponse : le chameau, le sel, l'homme.

– Quand tu la prends, tu l'ignores, quand tu la quittes, tu la connais.

Réponse : la piste.

Il me raconte encore comment le moula moula sauva l'azalaï. L'azalaï, c'est la caravane du sel, un rassemblement de plus de cent chameaux. Elle part de Tombouctou et remonte huit cents kilomètres plus au nord, à Taoudenit. Dix heures de marche par jour ; vingt jours de voyage aller, autant au retour. Ce qu'on va chercher là-bas, c'est le sel, que des mineurs taillent dans les veines de la terre. Ils lui donnent la forme de plaques que les chameaux portent sur leurs flancs. Le sel, c'est la mort, comme dit la devinette d'Hamou, mais c'est aussi la vie. Il en faut aux hommes, aux bêtes. Les caravaniers de l'azalaï le ramènent et l'exportent partout au Sahel.

Cette fois-là, raconte Hamou, le chef de l'azalaï s'égara. Le vent avait soufflé du sud, on ne voyait pas les étoiles, et les repères au sol s'étaient effacés. Le chef de l'azalaï avait beau chercher dans sa mémoire, il ne reconnaissait plus les dunes, ni les herbes, il ne comprenait plus rien aux montagnes qu'on devinait au loin. Quand ils ont fini l'eau des guerbas, ils sont tous tombés, un à un, le chef de la caravane en dernier.

Il s'est dit : je vais mourir et toute l'azalaï avec moi. Je ne reverrai pas ma femme, mes enfants.

Combien de temps est-il resté allongé par terre, inconscient, la tête en plein soleil ? L'histoire ne le dit pas. Elle dit seulement que l'homme a senti quelque chose de frais dans sa bouche. Il a cru que c'était un grain de raisin, ou encore une petite baie très douce comme il en mûrit dans les oasis. En fait, c'était une goutte d'eau, minuscule, qu'un moula moula venait de déposer avec son bec dans la bouche du caravanier.

La goutte d'eau l'a ramené à la conscience, mais il gardait les yeux fermés. Alors le moula moula a volé jusqu'à la source secrète, et il est revenu déposer une deuxième perle d'eau qui a permis au chef d'ouvrir les yeux. Le moula moula a refait le même geste jusqu'à ce que le caravanier trouve la force de se lever. Alors l'oiseau a voleté devant lui et l'a conduit à la source. C'est ainsi que le moula moula a sauvé les chameaux et tous les hommes de l'azalaï.

Tentatives d'approche

de Philippe Besson

Il regardait l'eau. Et puis la fille. Et il revenait à l'eau. Et s'en retournait à la fille. Elle, elle ne remarquait pas son manège. A croire qu'elle le faisait exprès. Oui, elle devait bien être la seule sur ce bord de mer à ne pas apercevoir ses contorsions.

C'était le mois d'août, une plage de l'Atlantique, des parents en maillots, des serviettes humides tachées de sable, des parasols et des glacières, et tous ces gens par centaines qui s'agglutinaient chaque jour aux mêmes heures. C'était le soleil trop fort sur les peaux rougies, la sueur aux fronts, une chaleur accablante et la nécessité d'aller se baigner, s'ébrouer pour ne pas mourir d'insolation. Lui, il était toujours entré dans l'eau avec précaution, comme le lui avait appris sa mère. Il était instruit des risques d'hydrocution et, comme il était froussard, ne voulait pas perdre la vie juste parce qu'il serait allé se baigner trop vite, il trouvait que c'était une mort idiote. Du coup, il avait développé une vraie méfiance. Il posait un pied et puis l'autre. Systématiquement, il assurait que c'était glacé, même quand ça ne l'était pas. Il avançait très lentement. Son frère avait envie de le pousser mais il en était interdit par le regard noir de leur mère, en vigie juste derrière eux. Il arrivait péniblement au bout de dix minutes à avoir de l'eau aux genoux. Il avait moins froid, sa carcasse s'était habituée, et pourtant il apercevait la chair de poule sur ses avant-bras. Son frère disait que c'était de la peur, rien d'autre. Lui, il haussait les épaules, ne l'écoutait pas, il était trop grand de toute façon, il ne se souvenait plus, l'autre, de ce que c'était que d'avoir été petit. Avec la mer qui lui mordait les mollets, il se sentait enfin capable de s'asperger un peu. Disons plutôt qu'il passait la main dans l'eau et la portait à son ventre, à son torse, à son cou. Et se rencognait comme si on lui administrait des coups. Il se tournait fébrilement vers sa mère. Elle l'encourageait, d'un hochement de tête. Il continuait à progresser et, après vingt minutes, il était enfin immergé jusqu'aux épaules. Il n'allait jamais plus loin. Il refusait de mettre la tête sous l'eau. Il prétendait que ça lui piquait les yeux. En réalité, le noir lui faisait peur. Il avait l'impression de s'enfoncer dans une angoissante obscurité. Et il craignait de tomber nez à nez avec une méchante algue, ou, bien pire, avec une méduse. Il entendait donc garder les yeux bien ouverts et les pieds sur terre. Tout de même, il trouvait ça joli tout ce bleu ou ce vert autour de lui, et le léger clapotis. Il était en revanche indisposé par les gerbes que provoquaient les enfants dissipés, il se tenait à l'écart de ceux qui bougeaient beaucoup, il avait besoin de calme, de distance. Il regagnait vite le coin de sable où sa mère l'attendait. Il adorait sortir des vagues, sentir ses jambes lourdes contre le courant, c'était un effort, bien sûr, mais bientôt il serait libéré, il savourait la perspective de cette libération.

Donc ce jour-là, comme les autres jours, il ne se décidait pas à entrer dans l'eau. Il se tenait là, debout devant le ressac qui lui léchait les pieds, les mains accrochées à ses hanches. Il regardait la fille, sur le côté, qui, elle aussi, paraissait hésiter à se baigner. Ça le rassurait de croire à cette hésitation. Ça faisait comme une fraternité entre eux. Seulement voilà, elle ne le regardait pas. Ça en devenait agaçant. Alors il ne sait pas ce qui lui a pris, il a fait ce geste insensé, entièrement neuf : il s'est mis à courir, il est entré dans l'eau d'un coup, il a enjambé les vagues, il a jeté son corps contre elles, il a perdu pied, disparu sous la surface, il est remonté en battant des bras. Voilà, il voulait qu'elle le remarque enfin, qu'elle détourne les yeux vers lui. C'était réussi : il était grotesque, dépassé par sa propre audace, pris au piège de l'eau trop haute pour sa taille et des algues enlacées à ses chevilles. Alors il s'est mis à appeler à l'aide, il a crié qu'on accoure pour le sauver. Mais sa mère était affairée ailleurs, son frère nageait plus loin, et tous les autres supposaient qu'un enfant était juste en train de faire le fou, là, pas si loin du bord. Personne n'a bougé. Personne sauf elle, la fille. Elle s'est jetée dans les rouleaux, avec une incroyable vivacité et une folle assurance. Elle a nagé dans sa direction, s'est approchée du presque noyé, s'est emparée de lui. Il s'est agrippé à elle, il était paniqué, elle l'a calmé, il ne sait pas comment mais ça s'est fait, il s'est apaisé, il a eu confiance en elle, deviné qu'elle le sortirait de là. Et, en effet, elle l'a ramené jusqu'au bord, l'a déposé sur le sable, sans dire un mot. Elle l'a regardé longtemps, et lui, il a laissé les yeux dans les siens. Il a pensé qu'une histoire d'amour méritait bien une tentative de noyade.

La course de l'eau

de Jean-Noël Blanc

Je me rappelle très bien comment j'ai commencé mon discours dans la prestigieuse salle des congrès internationaux où j'avais été invité à prendre la parole au cours d'une grande conférence sur l'économie durable et les risques liés à la pollution.

– Messieurs, j'ai l'honneur de vous annoncer que je viens de mettre au point ce que nous appelons tous de nos vœux depuis si longtemps : le moteur à eau.

Mon annonce a été suivie d'un silence immédiat. C'était comme si un poids énorme venait de tomber sur la salle et avait paralysé cette assemblée de personnages considérables, ces ministres, ces financiers, ces industriels de l'énergie et de l'automobile, ces savants, ces chimistes réputés et ces directeurs d'instituts de recherche européens. Tous retenaient leur souffle pour m'écouter.

J'ai pris le temps de boire un verre d'eau avant de continuer mon discours. Pendant un quart d'heure, debout à la tribune, j'ai exposé mes travaux. Bien sûr, je n'ai pas détaillé les points techniques. Mais j'en ai dit assez pour que le doute ne soit plus permis : j'étais venu à bout de cette invention sur laquelle tous les chercheurs du monde se cassaient les dents depuis des années, et je savais comment faire désormais fonctionner les moteurs d'automobile à l'eau pure.

Sur le principe, je n'avais innové en rien. Tout le monde sait qu'en séparant les molécules d'oxygène et d'hydrogène on produit une réaction assez puissante pour entraîner les explosions nécessaires à la mise en mouvement des pistons dans les soupapes. Mais jusqu'à présent, tous les essais avaient montré que le procédé était si dangereux qu'il fallait presque blinder les chambres de combustion – ce qui entraînait un surpoids inacceptable du véhicule. Or, et c'était là l'essentiel de mon invention, j'avais découvert l'astuce permettant d'obtenir une réaction si douce que tous les problèmes étaient résolus.

C'en était fini du pétrole. Finis aussi les rejets nocifs dans l'atmosphère. A partir d'aujourd'hui, tous les moteurs du monde allaient pouvoir fonctionner à partir d'une énergie simple et bon marché : l'eau pure. C'était une révolution.

J'ai conclu mon intervention sur ces mots. La salle entière s'est levée pour m'applaudir.

Dès que je suis descendu de la tribune, des gens se sont précipités sur moi. Ils voulaient me congratuler, me serrer la main, me demander des précisions. J'ai accepté les félicitations, mais j'ai renvoyé les curieux à l'ouvrage que j'allais publier sous peu et qui contenait toutes mes démonstrations. J'avais même le manuscrit de ce livre dans la serviette en cuir que j'avais posée là, sur mon fauteuil.

Je me suis tourné vers ce fauteuil pour leur montrer ce texte déjà prêt, et, au besoin, le feuilleter rapidement devant eux afin de leur prouver que je ne mentais pas.

Ma serviette avait disparu.

J'étais pourtant sûr de l'avoir gardée sur mes genoux jusqu'à l'instant de monter à la tribune pour mon discours, et de l'avoir à ce moment soigneusement rangée sur le siège que je quittais. Je me rappelais même très bien l'avoir dissimulé sous mon imperméable replié.

L'imperméable était sur le sol et mon fauteuil était vide.

Je me suis penché pour vérifier si la serviette n'avait pas glissé sur le sol.

Rien.

Quelqu'un venait de me voler le texte. J'ai voulu courir jusqu'aux portes de sortie pour demander qu'on les ferme, mais une petite foule se pressait autour de moi, on m'interpellait, on me retenait pour me poser des questions, quelqu'un avait posé la main sur mon épaule, je sentais des corps dans mon dos : il m'était impossible de bouger.

J'ai réfléchi très vite. Si mon manuscrit avait été volé, rien n'était perdu pour autant : le texte original reposait encore dans le disque dur de mon ordinateur personnel, à la maison, et, par ailleurs, j'avais sauvegardé le document sur un CD que j'avais rangé dans un casier au laboratoire où je travaillais. Il me suffisait donc d'aller ce soir même au commissariat le plus proche : une fois enregistrée ma plainte mentionnant exactement le jour et l'heure du vol, j'aurais un document prouvant ma bonne foi, ce qui me permettrait d'empêcher mon voleur d'usurper la paternité de mon invention.

Ensuite, je n'aurais qu'à téléphoner chez moi pour demander à ma femme de réaliser une copie de mon dossier et de la déposer dès demain matin chez un huissier, de manière là aussi à protéger mon invention en démontrant que c'était bien moi qui avais été le premier à trouver la solution.

J'ai tenté de refréner mon impatience pendant qu'on s'agitait autour de moi. On ne voulait plus me laisser partir, et toujours des questions nouvelles m'assaillaient. J'ai fini par couper court brutalement à cette réunion qui n'en finissait plus, et je suis sorti de la salle en courant pour prendre un taxi et me faire emmener à la police.

Il n'y avait pas de taxi à l'horizon. Tous avaient déjà été empruntés par les congressistes qui étaient sortis de la salle bien avant moi.

Des gens m'avaient suivi. Je ne les connaissais pas. Des savants ? Des chimistes ? Des hommes politiques ? Des industriels ? Ils voulaient continuer à me poser des questions. J'ai refusé de répondre, je leur ai expliqué que j'étais pressé, que je voulais me rendre très vite dans un commissariat pour signaler un vol.

Je n'ai pas eu besoin d'en dire plus. Quelqu'un m'a pris par le bras, m'a proposé sa propre voiture, m'a désigné une longue limousine noire qu'un chauffeur venait d'avancer jusqu'au pied des escaliers.

Nous sommes montés dans la limousine. L'homme qui m'accompagnait était visiblement un personnage important. Son costume trois pièces, son élégance austère, sa manière de parler, la dignité un peu hautaine de son maintien, tout montrait qu'il était un homme de pouvoir. Il a demandé à son chauffeur de me conduire au commissariat central.

Pendant le trajet, il m'a posé des questions. Elles portaient moins sur l'invention elle-même que sur mon travail au laboratoire, ma vie, ma famille, mes moyens d'existence. Il était très courtois, acceptait d'un sourire que je ne réponde pas à toutes ses questions.

De temps en temps, je regardais par la vitre cette ville où nous roulions maintenant depuis un temps qui commençait à me paraître très long. Elle n'était tout de même pas si étendue que cela, cette cité, et même si j'y venais pour la première fois, j'étais sûr que nous aurions dû atteindre son centre depuis un bon moment. J'ai été pris de doutes. J'ai observé plus attentivement les lieux où nous roulions.

Cette maison, ce magasin, ce carrefour : nous y étions passés cinq minutes auparavant. Nous tournions en rond. J'allais protester quand l'homme important assis à côté de moi a senti mon trouble.

– Ne vous alarmez pas, cher ami. Nous arrivons bientôt, mais cette ville est si étrangement dessinée qu'on a toujours l'impression, lorsqu'on ne la connaît pas, de revenir sans cesse sur ses pas.

Il mentait. J'étais sûr de ce que j'avais vu. On me baladait. Pourquoi ? Pour gagner du temps ?

J'ai profité d'un arrêt à un feu rouge pour ouvrir

la portière et sauter de la voiture. Il y avait encore du monde dans la rue et je me suis précipité pour aller me placer au milieu de la foule. Je commençais à ressentir une peur insidieuse, et je me disais que je ne craindrais rien tant que je serais environné par les passants. Au bout d'une centaine de mètres, je suis entré au hasard dans un magasin encore ouvert et j'ai demandé l'adresse du commissariat central. Il n'était pas loin. J'y ai couru.

On m'a demandé d'attendre. Je me suis assis sur un banc.

Une inquiétude sourde me taraudait. Pourquoi avait-on voulu me faire perdre du temps ? Quelqu'un m'attendait-il dehors ?

J'aurais dû appeler ma femme tout de suite. Mais mon téléphone portable était dans ma serviette volée, avec le manuscrit, et je n'avais aucun moyen de la prévenir. J'ai essayé de me calmer. Après tout, rien ne pressait à la minute. Sitôt après mon dépôt de plainte, j'irais à l'hôtel où l'on m'avait réservé une chambre pour la durée du congrès, et de là j'appellerais ma femme. Aucune raison de m'affoler.

J'ai attendu trois quarts d'heure avant qu'un officier de police accepte de me recevoir. Était-ce bien normal ? Je me tourmentais en consultant ma montre. J'avais beau me raisonner, je sentais une angoisse m'envahir.

Le policier s'est excusé du retard et m'a fait asseoir dans son bureau. Ce n'était pas un homme pressé. Il m'a fait répéter mon histoire deux fois avant de prendre ma déposition. Il tapait très lentement sur son ordinateur, relisait longuement ses paragraphes avant de les enregistrer. J'étais à bout de patience lorsqu'il me tendit enfin la feuille à signer. Je l'ai lue en diagonale avant de parapher, et je me suis précipité dehors.

La nuit était totalement tombée. J'ai cherché une cabine téléphonique. J'en ai trouvé une à l'angle d'une place. J'ai appelé chez moi.

Ma femme a répondu tout de suite. Elle était paniquée. Une explosion venait de se produire dans mon bureau. Le gaz peut-être ? Elle ne savait pas. Les pompiers étaient déjà là, ils avaient enrayé l'incendie, la maison ne risquait plus rien à présent. Mais tout ce qui se trouvait dans mon bureau avait été détruit. Je me suis mis à trembler. Je savais la réponse à ma question avant même de la poser.

– Même l'ordinateur ?

Surtout l'ordinateur. D'après les premières constatations des pompiers, l'explosion avait eu lieu dans mon bureau. Où ne passait aucune conduite de gaz.

J'ai tenté de rassurer ma femme avant de raccrocher. Je lui ai promis qu'avant le matin je serais à la maison. Le temps de passer à l'hôtel récupérer mes bagages, je filais à la gare et je sautais dans un train.

Je ne lui ai pas dit qu'avant de rentrer chez moi je passerais au laboratoire. Pour l'instant, il n'y avait là-bas personne que je puisse appeler pour prévenir : à cette heure-ci tout le personnel avait quitté les lieux. Je redoutais le pire.

J'ai appelé un taxi pour me rendre à l'hôtel. Je lui ai demandé de faire vite. Il n'a pas traîné en route. J'ai traversé la réception en courant. Récupéré ma clé au passage. Pris l'ascenseur. Septième étage. Couru dans le couloir. Ouvert la porte.

J'aurais dû m'y attendre : ma valise avait été vidée. Son contenu était répandu sur le sol. La literie avait été arrachée, et toutes les cachettes possibles avaient été explorées.

Pas une minute à perdre. J'ai récupéré mes affaires qui traînaient, je les ai fourrées à la diable dans ma valise, et je suis parti en laissant la clé sur la porte.

Les escaliers de secours. Surtout pas l'ascenseur. On m'attendait sans doute dans le hall. Mais comment éviter la réception ? J'ai poussé une porte barrée d'un sens interdit. Réservé au personnel. Parfait. Un couloir. Une autre porte. Un autre couloir. Une porte sur la rue, à l'opposé de l'entrée officielle. Un coin sombre. Très bien. Je me suis éloigné sans bruit dans la nuit. Un peu plus loin, j'ai débouché dans une rue passante. Un bus arrivait. Son fronton indiquait Gare. J'avais de la chance. J'ai sauté dans le bus.

La gare était presque déserte. J'ai consulté le tableau des départs. C'était bien ce que je pensais : il y avait encore un dernier train qui pouvait me conduire jusqu'à une ville proche, où j'étais presque sûr de trouver un express qui me permettrait de rentrer chez moi. L'employé m'a assuré qu'il était possible en effet d'attraper cet express en changeant au troisième arrêt. J'ai acheté un billet et je me suis installé dans le petit train qui allait partir.

C'était un autorail de desserte locale. Un vieux modèle. Peu de monde. Des habitués, des gens fatigués.

Je me suis assis à l'écart. J'ai fermé les yeux.

Quand je les ai rouverts, j'ai aperçu les deux hommes qui venaient de monter. Ceux-là ne ressemblaient pas aux autres passagers. Ils étaient grands, jeunes, vêtus d'imperméables noirs, et ils faisaient beaucoup d'efforts pour ne pas regarder dans ma direction.

Attendaient-ils que les autres voyageurs descendent au premier arrêt ? Que se passerait-il si je me retrouvais alors seul dans le compartiment avec les deux hommes en noir ? J'ai senti mes mains trembler.

Je me suis levé pour aller me mêler à un petit groupe de passagers qui discutaient entre eux. Je me disais que si j'étais en compagnie d'autres gens, les deux types qui m'avaient suivi n'oseraient pas intervenir. J'espérais que mes voisins ne descendraient pas avant moi.

Mes vœux ont été exaucés. Nous sommes descendus ensemble au troisième arrêt. Les deux types nous ont suivis de loin. J'avais cinq minutes pour attraper l'express. J'y suis monté tout de suite, sans me retourner.

Le wagon était vide. J'étais le seul occupant.

Puis nous avons été trois : moi à une extrémité, mes deux suiveurs à l'autre. Il fallait réfléchir vite. J'ai ostensiblement installé ma valise dans le filet et je me suis assis. Ils se sont assis eux aussi. Ils avaient tout leur temps.

J'ai attendu que retentisse le signal de fermeture des portes pour bondir sur le quai. Ils ne s'y attendaient pas. Les portes se sont refermées dans mon dos. Quand le train s'est ébranlé, j'ai vu les deux imperméables noirs disparaître dans le convoi qui s'en allait.

Je suis sorti de la gare. J'avais mon plan. Dans les grandes villes, on trouve des loueurs de voitures ouverts jusque tard dans la nuit. J'en ai trouvé un sur la place de la gare. J'ai payé avec ma carte de crédit.

La boîte à gants contenait un atlas routier. Je l'ai consulté en détail. J'ai choisi des petites routes et des itinéraires compliqués. Je tenais à déjouer tout piège possible.

En passant devant une station-service à la sortie de la ville, j'ai songé à mon invention. Pourquoi voulait-on l'empêcher ? Qui donc dérangeait-il, mon moteur à eau ? Des gens qui craignaient que son adoption ne ruine leur économie, leurs bénéfices, leur richesse ? Tenaient-ils donc tant à exploiter jusqu'à l'absurde les ressources fossiles de la planète et à hâter le désastre écologique prévisible ? Étaient-ils prêts à détruire tous mes travaux pour sauvegarder leur fortune ?

Je n'ai pas cessé de me poser ces questions en reprenant la route. J'ai conduit pendant cinq heures d'affilée. Je suis arrivé au petit matin. Je suis allé tout droit au laboratoire.

C'était exactement ce que j'avais craint. La pièce où je travaillais avait été saccagée. Tous les meubles avaient été renversés, les tiroirs vidés, les ordinateurs fracassés. J'ai fouillé dans les débris pour trouver le CD sur lequel j'avais sauvegardé mon livre. Bien sûr il n'y était plus. Disparu. Envolé. Dérobé lui aussi.

J'ai relevé une chaise, je me suis assis au milieu du laboratoire dévasté, j'ai réfléchi.

Tous les documents qui contenaient mon invention avaient été volés ou détruits. On avait même démoli les ordinateurs du labo, où j'aurais sans doute pu trouver des éléments me permettant de reconstituer ma démonstration. Je n'avais plus rien.

Si : moi. Ma tête. Mon savoir. Mon cerveau.

C'était tout ce qui me restait. Mais c'était l'essentiel. J'ai calculé qu'en deux ou trois mois de travail intensif, je devais être capable de formuler à nouveau mon invention sur le papier. Après tout, je l'avais encore en mémoire pour l'essentiel. Tout n'était donc pas perdu. Pour la première fois depuis le vol de ma serviette dans la salle des congrès, hier au soir, j'ai souri.

Allons, même si mon travail devait porter atteinte aux fortunes de ceux qui voulaient continuer à imposer au monde un carburant rare et cher, et qui étaient prêts à tout pour empêcher qu'on touche à leur juteuse industrie, j'allais finir par l'imposer quand même, ce fameux moteur à eau. Tant que j'aurais ma tête, rien ne pouvait m'arriver. J'ai serré les poings avec détermination et je me suis levé pour quitter le laboratoire.

C'est alors que j'ai entendu du bruit dans le couloir. Des pas. Des pas lourds. Lents. Menaçants. Plusieurs hommes.

J'ai tourné mon regard dans tous les sens. La fenêtre. Juste le temps de l'ouvrir. De sauter dans le parc. De disparaître dans l'ombre des arbres. Je connaissais les issues. Pas eux. J'ai profité de cet avantage. Ma voiture de location était là. J'ai filé.

Je ne suis pas rentré chez moi.

On devait m'y attendre, et pas pour mon bien. J'ai juste laissé un message téléphonique à ma femme et j'ai quitté la ville.

Voilà près de trois mois maintenant que je suis caché dans ce village isolé dans la montagne. Personne ne sait où je suis. Je travaille. Encore une semaine et j'aurai terminé la réécriture de mon livre. Avec tous les détails de mon invention. Quand il sera fini, j'en réaliserai vingt copies, que j'enverrai à dix éditeurs et dix journaux. De quoi empêcher quiconque d'étouffer ma découverte.

En attendant, ma seule distraction est de contempler le paysage par la fenêtre. Je l'observe longuement, tous les soirs. Je rêve.

C'est exactement là que j'étais, debout devant la fenêtre, lorsque je les ai vus. Ils étaient trois. En imperméables noirs. Armés. Se dirigeant vers la maison.

J'ai saisi mon manuscrit. Je suis sorti par la porte de derrière. J'ai sauté le mur du jardin. La forêt était là. J'ai couru.

Je courrai le temps qu'il faudra. Mais je gagnerai. Je le sais, je gagnerai. Rien ne m'arrêtera. Je cours, je cours, je cours.

La fuite

de Pierre Brunet

Ça l'avait réveillé en pleine nuit. Le cerveau s'était habitué depuis longtemps au bruit lourd et dense des déflagrations qui secouaient la ville quand les artilleurs serbes n'avaient pas envie de dormir. De même pour le claquement sec de branche qui casse des tirs des snipers. C'était devenu des bruits de la vie, aussi meurtriers fussent-ils. Mais la chute au sol et l'éclatement de la première goutte d'eau l'avait instantanément arraché au sommeil. Sa chambre était située sous les toits, au dernier étage de la vieille maison de Bascarjia, et le tuyau qui alimentait la salle de bains mitoyenne était visible de son lit, courant juste sous le plafond gelé à cause de l'hiver sans chauffage. Comme tous les habitants de Sarajevo, il dormait habillé de plusieurs couches et enroulé dans de nombreuses couvertures, et la température, tant qu'il était couché, était d'un froid supportable qui l'aidait à sombrer chaque soir dans une presque hibernation. Il avait bricolé l'arrivée d'eau dans la salle de bains pour qu'elle n'aboutisse que dans la grande baignoire, dont il laissait le robinet ouvert. Ainsi, quand, à n'importe quel moment du jour ou de la nuit, l'eau coulait chichement pour une heure ou deux, elle remplissait la baignoire. Il avait bien sûr hermétiquement colmaté le bouchon d'évacuation pour que rien ne se perde. En rentrant chez lui, il remplissait la quinzaine de bouteilles vides en plastique, qu'il avait réussi à récupérer, avec l'eau de cette baignoire, et ainsi elle était prête pour servir à nouveau de réservoir dès que l'eau se remettrait à couler du robinet. L'eau, à Sarajevo, était devenue depuis le début du siège plus précieuse que de l'or, plus rare que de l'essence ; c'était aussi devenu une obsession pour chaque habitant. Beaucoup faisaient des kilomètres à pied, et en hiver c'était des kilomètres dans le froid et la neige, pour aller remplir des jerricans dans les rares points d'eau de la ville qui fonctionnaient encore. Après, il fallait les porter jusque chez soi. Dès que le réseau de distribution remarchait provisoirement, chacun, donc, remplissait frénétiquement toutes les bouteilles qu'il avait pu trouver. Certains même transbahutaient de la neige dans des brouettes pour la faire fondre chez eux. On mesurait ce que l'on utilisait chaque jour : un peu pour le café, la cuisine, boire... et puis se laver avec un gant quand il en restait assez.

Fikret, c'était le nom de l'homme, sortit précipitamment de son lit, alluma la lampe de poche qu'il gardait toujours avec lui, et en dirigea le faisceau vers le sol, où une deuxième goutte venait juste d'élargir une tache sur le parquet, puis vers le plafond et le tuyau d'alimentation. Il y avait une fuite. On pouvait voir la troisième goutte se former déjà, grossir et s'alourdir à l'endroit où une usure rouillée perçait la couche de givre. Mais la troisième goutte ne tomba pas au même endroit que les deux premières. Probablement différente en masse, elle glissa le long du tuyau sur son toboggan de givre, hésita un moment, puis poursuivit son chemin pour, finalement, se détacher doucement et choir, à plus de quatre-vingts centimètres de l'endroit où s'étaient écrasées les deux premières. Déjà une quatrième se formait. Fikret courut chercher une bassine, la plus grande qu'il pût trouver.

Pendant vingt minutes, il se déplaça sur l'axe de chute des gouttes pour les rattraper au vol. La moyenne était de deux gouttes qui tombaient à la suite au même endroit, puis deux ou trois autres qui allaient jusqu'au deuxième point de rupture. La bassine, qui n'avait qu'un diamètre de cinquante centimètres environ, ne pouvait couvrir la zone de chute aléatoire. Comment faire ? Le fonctionnement complètement erratique du réseau de distribution de la ville ne permettait aucune anticipation. On ne savait jamais quand, et pour combien de temps, l'eau allait couler à nouveau. Fikret ne pouvait, d'un autre côté, passer son temps à guetter chez lui le retour de l'eau et la chute des gouttes. Malgré la modicité d'une telle intervention, il n'avait pas l'argent pour faire changer le tuyau, et de toute façon, avec les destructions entraînées par les bombardements, toutes les pièces de plomberie disponibles dans la ville pour réparer les dégâts s'arrachaient à prix d'or. Certains même profitaient de l'absence temporaire d'un habitant pour aller voler chez lui les précieux matériaux. Dans la journée, Fikret devait travailler comme traducteur pour le correspondant permanent d'un journal britannique, afin de gagner les quelques deutschemarks qui lui permettaient de vivre, et la nuit il fallait qu'il dorme pour pouvoir être en forme pendant la journée, car la concurrence était rude, et les journalistes voulaient avoir des traducteurs dynamiques à leurs côtés.

Fikret en était là de son dilemme quand il sentit, contre sa jambe, la pression tiède du corps de Gizmo. Gizmo était un chien barzoï de quatre ans. L'homme et le chien s'étaient rencontrés dans un cirque où ils travaillaient tous les deux, avant la guerre. Fikret faisait alors un numéro de lanceur de couteau les yeux bandés qui l'avait rendu célèbre dans tous les Balkans, et Gizmo était la vedette d'une dresseuse slovène qui lui avait appris une séquence de star : marche au pas espagnol, tour de piste sur les deux pattes de devant, saut au-dessus de cinq autres chiens alignés côte à côte, puis saut à travers un cerceau tenu à bout de bras par la dresseuse à une hauteur de deux mètres trente. Gizmo refaisait ensuite, sous les applaudissements du public et en position dressée, un tour de piste en avançant par petits bonds successifs des pattes arrière. Quand le cirque avait dû se disperser, Fikret avait récupéré l'animal, auquel une amitié gratuite le liait depuis un certain temps – une amitié de compagnons de cirque, et non de maître à chien – car la dresseuse slovène avait été tuée dans des circonstances tragiques par son ex-amant le clown blanc qui, étant serbe, n'avait pas supporté la sécession de la Slovénie, séquence inaugurale, à ses yeux, d'un drame historique dont les Serbes, à la fin, feraient les frais, car il pensait que c'était leur destin de toujours être les victimes de l'Histoire.

Gizmo, lui aussi, avait vu la fuite. Il fixait la goutte avec une intensité surprenante, comme s'il eut compris que quelque chose d'essentiel se jouait en elle. Quand elle tomba, il tenta de la capter avant qu'elle ne touche le sol, et ne la rata que d'une fraction de millimètre. Déjà il avait relevé la tête et cherchait de ses yeux vifs l'apparition de la prochaine. Fikret eut un tressaillement de joie. Il avait peut-être la solution.

Il prit le temps, assis par terre, de réfléchir. Il n'était pas dresseur de chien, et devait choisir entre deux méthodes : soit il apprenait d'abord à Gizmo à tenir la bassine en plastique rouge entre ses dents, puis ensuite à se déplacer pour recueillir les gouttes avant qu'elles n'atteignent le plancher, soit il choisissait l'imitation, lui montrant l'ensemble de l'opération jusqu'à ce que l'animal comprenne. Il opta finalement pour la deuxième solution, car elle avait l'avantage d'être en elle-même utile, permettant de commencer à recueillir l'eau tout en montrant à Gizmo comment s'y prendre.

Vers deux heures, le chien était en mesure de se débrouiller tout seul. Il avait eu un peu de mal à maîtriser la tenue de la bassine en position horizontale, mais très vite il avait trouvé la manière, se servant d'abord de la mâchoire inférieure, puis corrigeant l'assiette à l'aide de la mâchoire supérieure.

Pour ce qui était du travail d'interception des gouttes ce fut un sans fautes. Gizmo semblait tout à fait conscient de l'importance de sa responsabilité. Au matin, Fikret put le laisser pour aller travailler. Quand il revint en fin d'après-midi, Gizmo profitait d'une longue coupure pour se reposer, allongé sur le sol mais les yeux néanmoins attentifs au tuyau. A ses côtés, la bassine était aux trois-quarts pleine. Fikret lui prépara une pâtée consistante avec un mélange de restes, puis parla longuement avec l'animal, assis en tailleur à ses côtés pendant qu'il mangeait, le remerciant de son travail efficace et précieux. Gizmo semblait comprendre. Il s'interrompait parfois dans sa mastication goulue pour échanger un regard avec l'homme. Fikret versa un peu de l'eau de la bassine dans une assiette creuse pour le chien, qui la lapa doucement jusqu'à ce qu'il ne reste rien, puis vida le plus gros dans la baignoire, avant de commencer à y plonger les bouteilles en plastique.

Il fallut réaménager un peu la maison. Fikret installa son lit dans le salon afin de pouvoir dormir sans être dérangé par l'activité de Gizmo, qui récupéra l'ancienne chambre comme territoire de chasse à l'eau et niche confortable.

Le système fonctionna jusqu'à la fin du siège et la réparation, en janvier 1996, du tuyau. Longtemps après, le chien restait encore extrêmement sensible à tout bruit, surtout léger, de liquide. Un robinet qui gouttait le dressait immédiatement. Fikret le rassurait de la main et de la voix, amusé et un peu nostalgique. L'amitié profonde de l'homme et du chien dura jusqu'à la mort de ce dernier, en mai 2000.

Fikret ne voulut jamais d'autre compagnon. Il finit par rejoindre un cirque anglais, après avoir bien sûr repris l'entraînement avec ses couteaux de lancer, mais il effectuait maintenant son numéro les yeux ouverts, ne faisant plus assez confiance à sa virtuosité.

illustration de Patrick Chappatte

Les petits jours

de Philippe Claudel

Pour Jean-Louis

Bien souvent, les mots me ramènent vers l'avant de la vie. Presque au tout début. D'ailleurs, il me semble ne jamais pouvoir aller vers l'autre côté tant mes rêveries sont avant tout marquées par ce *regret souriant* dont parle Baudelaire. Et puis, en somme, on le sait, l'écriture ne sert qu'à se donner du mal en s'avouant, noir sur blanc, que nous ne sommes plus ce que nous pensons être et que, malgré le plaisir pris parfois à voir passer le temps, celui-ci, sans souci des préjudices, parvient toujours à précipiter nos espoirs dans ses cendres, avec la grande habileté de l'homme de métier à qui on ne la fait plus.

Reste que la vie, pour nous faire patienter et aviver notre propension à la mélancolie, se marque de petites scènes dont l'importance nous frappe avec une distance que le désir lancé n'amoindrit pas. Cousues les unes aux autres, elles paraissent donner à celui qui nous ignore, l'inconnu pressé, le frère des rues, la belle Juive sous le réverbère, l'assassin en mal de sang, vous autres, le curieux tracé d'une bille folle lancée dans les couloirs étroits de quelque jeu mécanique.

Mais pour nous qui les avons vécues, les images et les odeurs qui les retiennent, ces scènes-là, dans nos mémoires, les rendent plus précieuses encore que certains de nos organes dont les médecins nous disent qu'ils sont inutilement doubles. Et je pense souvent, à ce propos, qu'il ne me serait pas trop douloureux d'en troquer un, par exemple, contre certains moments du bel été 1969 au cours duquel, haussé sur les épaules de mon oncle, *Le Gros*, je vis passer non loin de Saffais, le ruban fugace du Tour de France, lancé à plus de soixante-dix kilomètres/heure, comme une gifle de couleurs et de murmures, et d'air, et de sons happés par les moyeux, les roulements, l'exubérance de la caravane, les envolées d'accordéon, la voix de Félix Lévitan coupée par la vitesse, les peupliers et les klaxons italiens, et dans cette comète ondulée que la chaleur faisait trembler à la façon d'un mirage, je guettais *Le Cannibale* pour lui jeter un sort, et *Poupou,* notre *Poupou,* courbé sur la machine, pour lui crier de relever le col et notre honneur.

Je ne vis ni l'un ni l'autre. A vrai dire, je ne me souviendrais de rien s'il n'était en mon portefeuille une photographie aux bords crénelés, qui me montre couvert d'un affreux petit chapeau, un bob, que je portais ce jour-là, et dont ma mère m'affublait dès qu'un rayon de soleil versait son insistance sur la campagne lorraine.

Nous voici au cœur des choses : mes hontes enfantines furent, si je ne me mens pas trop à moi-même, essentiellement vestimentaires : il y eut le bob, rouge et bleu, et qui me faisait, moi déjà chétif et presque débile de membres, un couronnement grotesque sur une tête bien trop petite. Vint aussi un pull d'un vert sapin, sans manches, qu'une de mes tantes avait tricoté, et qui affichait sur le devant mon prénom en lettres capitales.

Un peu plus tard, je dus porter, durant trois saisons, une veste vaguement élastique, d'un singulier tissu côtelé. Et cette veste faisait tant rire mes camarades d'internat du lycée de Lunéville qu'elle me permit, plus tard, de trouver en Charles Bovary et son étrange couvre-chef, une manière de cousin, martyr en ridicule.

Je me souviens aussi de sous-pulls orange et beiges, résolument indestructibles malgré toutes les tentatives d'arrachement ; d'un anorak *peau d'ours* dont l'intérieur en fausse fourrure s'attachait à l'ensemble au moyen de pressions ; de cagoules avec visière, sans visière, à pompon, sans pompon – ma mère semblait en posséder une réserve sans fin – sorties dès les premiers froids de l'automne ; et de nu-pieds en plastique transparent pour fouler les goudrons amollis des départementales d'août, durant les séjours en colonie, quand la petite file indienne des pénitents d'été, suant entre Gézonville et Martincourt, gourdes de fer-blanc cognant l'aine, s'époumonait en gueulant que « dans la troupe, il n'y a pas de jambes de bois, il n'y a que des nouilles, mais ça ne se voit pas... ».

J'étais très peu conscient de ma laideur quand je n'avais pas encore atteint quatorze ans, et les certitudes de ma mère, son émerveillement sans cesse ressourcé, sa mauvaise foi triomphant des évidences étaient des miroirs à ma propre et si tranquille cécité.

Il me faut voir aujourd'hui les photographies du temps passé pour que viennent à moi, dénuées de leurs artifices sentimentaux, les réalités plates de cette vie domestique au cours de laquelle je prenais mon idiotie pour de la gentillesse, où toute la planète avait la taille de notre maison, et l'univers l'étendue brodée de vergers, champs de sainfoin et d'amourettes, cours d'eau de mystères de ma petite ville et de ses entours.

Oui, cela seulement saisi dans la fixation imparfaite des premiers polaroïds en couleurs, et qui perdent année après année, malgré l'hermétisme des boîtes à gâteau *Delâcre* qui leur servent de remise, la brillance de leurs teintes, leur semblant de vérité pour devenir, j'en jurerais, de fausses images, me donne la douloureuse mesure de cet autre moi-même qui s'est arrêté là-bas, en riant, en riant d'un sourire incomplet, dents tombées, dents de lait dérobées par la spectrale souris grisement noctambule, sur les berges d'une rivière qui ne coule plus depuis bien longtemps, cette mesure aussi qui répartit, comme la main dans le boisseau de blé versé sépare le flot de balles de la chute lourde des grains, la matière des songes et l'épaisseur des jours de veille.

Car, après tout, la fable est parente du souvenir, et nous avons tôt fait de nous inventer des fragments de vies imaginaires : à preuve, n'ai-je pas été moi-même un sujet de crèche, ou bien une fève de galette ? C'est-à-dire quelque geignard emmailloté de blanc, amputé bras et jambes dans des langes, duquel ne venaient à la lumière qu'une bouche avide et des yeux boursouflés ?

Ces langes, le vent de Prusse dans les matins d'hiver bleu les faisait claquer comme des bannières, petits *drapeaux* – on les nommait ainsi – qui donnaient à la terre gelée des allures de pontons de péniche. Les mères dans de grandes bassines en fer-blanc touillaient chaque soir cette cuisine du diable dans des bouillots de Javel : les langes se purifiaient et finissaient le lendemain, sous le vent, par recouvrer leur rêche blancheur avant d'envelopper les petits culs roses des marmots.

Oui, rien qu'un sujet de galette, à peine un petit d'homme, posé au fond d'un lit à barreaux, dans des parcs à jouer, agitant de sa minuscule main le bruit d'un hochet d'argent dont le manche caoutchouté laissait dans la bouche un goût de vanille qui me revient encore.

Et l'enfance se passe ainsi, lorsque nous la revoyons du promontoire des ans, dans la mosaïque rapiécée d'images mouvantes, de lieux et de senteurs que cernent de grands et curieux pans de noir, qui sont peut-être la préfiguration de ce qui nous attend. Aussi faut-il saisir les moindres des remembrances, les plus ténues d'entre elles, pour nous prouver que notre cœur a gardé, parfois malgré nous, le *simple* de la vie.

Plus tard, un peu plus tard, après les premiers pas hésitants, je me revois suivre, en agrippant son sarrau, ma grand-mère qui pousse dans une charrette deux lessiveuses, pleines du linge des autres, et les emporte au lavoir.

C'est un lieu hanté par les femmes, le lavoir. Il y fait chaud. L'air et l'eau s'y marient dans une buée qui perle les visages et les cheveux. La rivière, sous le *Pont des Voleurs*, coule à deux pas, entre les filets d'algue et les sillages de savon. Dans un angle du bâtiment, un gros réchaud procure les litres d'eau brûlante que les laveuses achètent pour vingt sous. Le toit est à nu.

Je dois avoir cinq ans, pas plus. J'observe, sous les tuiles, les poutres dont on m'a dit qu'elles proviennent de chênes plantés sous le règne du bon roi Henri. L'austérité sombre des madriers accroît encore leurs craquelures miraculeuses. Les lavandières se connaissent toutes. Ce sont pour la plupart des femmes âgées qui se retrouvent là. Elles ont grandi ensemble, se sont courbées l'échine à blanchir leur vie durant la bourgeoisie industrielle de la ville. L'avancée de leur existence s'est comptée en blocs de savon.

Elles frappent les draps avec de grands battoirs en bois, les tordent en vrille dans des grimaces et des halètements saccadés puis, après avoir refait leur chignon relâché par l'effort, les étendent sur des chevalets qui sont juste sous les auvents, à l'amorce d'un pré où règnent en grâce les hautes ombellifères. Aucune ne prête attention à moi, du moins me semble-t-il. Je joue à suivre les bulles dans les rigoles. Je regarde quelques alevins, remontés de la rivière, se perdre dans le lait mortel des eaux usées, pour finir leur brève vie, le ventre en l'air, les yeux ronds et comme surpris.

Quelquefois, lorsque c'est l'été, ma grand-mère me dit d'enlever ma culotte courte et j'ai le droit de me baigner dans le second bac où le linge déjà propre se gorge d'eau limpide. Les autres lavandières me jettent alors de la mousse au visage, éclaboussent mes cheveux. Elles grondent, m'appellent « le petit poisson », promettent qu'elles me feront frire si jamais je me prends dans leurs mains.

J'hésite, me demande s'il faut avoir peur, ou rire, et lorsque dans mon âge adulte je lirai un certain poème de *Gaspard de la nuit,* je reverrai le visage de chacune d'entre elles, leurs traits précis, et j'entendrai leurs voix, toutes les voix de ces femmes, mortes avant que je ne sois adolescent.

Après le bain, ma grand-mère me met à sécher dans le pré au milieu des fleurs de luzerne et des petites scies aiguisées par les mille criquets invisibles. Le soleil efface une à une toutes les gouttes d'eau sur mes cuisses. Grand-mère a posé sur ma tête un torchon de cuisine, blanc rayé de rouge, après avoir noué ses quatre coins. Elle appelle cela *le chapeau du pauvre.*

Les lavandières, l'une a commencé, toutes les autres l'ont suivie, chantent maintenant des amours anciennes où il est question de galants qui embarquent leurs belles sur des barques ornées de fleurs. La terre et sa chaleur, et toute sa beauté, et toutes ses couleurs viennent soudain au plus profond de mon cœur d'enfant, comme un soleil.

Le soir, ma grand-mère, devant mes petits yeux fatigués mais grands ouverts, exécute un tour de magie culinaire qui à chaque fois me laisse bouche bée. Au retour du lavoir, nous nous sommes arrêtés chez le boulanger pour acheter quelques grammes de levure, un cube en soi déjà bien étrange dans son apparente rigidité et son parfum de pâte humide. Mais dès que le doigt le presse, il s'effrite en figures géométriques irrégulières aux angles d'une inquiétante finesse, et si l'on presse encore, tout se résout et disparaît dans une mollesse informe.

Grand-mère me laisse jouer avec la levure : je la disperse dans le grand saladier de faïence au décor d'anémones. D'autres ingrédients, dont j'ignore les noms, y patientent déjà, et la vieille main tavelée les mêle, les presse, les roule. La pâte sous les nuages de farine devient moins collante. Un couteau la sépare en trois boudins qu'il faut alors amincir et étirer. Puis, très vite, grand-mère, comme s'il s'agissait d'une chevelure, les tresse. Ne reste plus qu'à recouvrir l'admirable scalp d'un tissu de lin. Commence alors le mystère.

La nuit opère des prodiges, et dans l'esprit d'un garçonnet prompt à s'émerveiller, la découverte au matin de la tresse de pâte deux à trois fois plus longue que la veille au soir ne peut que signer, à la façon d'une parabole, l'intervention angélique – car il doit bien y avoir, dans ce grand royaume des cieux, un saint patron des brioches, et des anges pour le seconder…

Manger, quelques heures plus tard, une tranche au pourtour doré et au cœur à peine cuit, sera pour moi une cérémonie bien proche de cette communion à laquelle, dans l'église, je ne suis pas encore convié, mais qui m'intrigue plus que tout autre chose.

Les grands-mères disparaissent très vite. On nous le dit. On doit le croire. Et s'imaginer sur une poitrine immobile les doigts noués autour du chapelet, les mains froides qui ne pétriront plus la pâte et n'essoreront plus le linge. On ne montre pas les morts aux jeunes enfants. On leur raconte des légendes qui parlent de migration céleste, de long repos, et de mots compliqués, *âme, esprit,* qui ne leur disent pas grand-chose.

Le plus tragique est qu'il ne demeure que de très maigres sensations de ce qui fut, sans doute, un amour maternel redoublé et bellement exempt du fatras de jalousie et de protection que les mères imposent à leur petit. Les grands-mères que l'on perd quand, pour nous autres, la mort n'est rien qu'une ruse d'alevin, ou sa sieste, demeurent des ombres parfaites, douces, aux visages d'estompe et dont la peau des joues a la couleur de l'ambre et le flou des brouillards.

La vie fait le reste. Nous sombrons dans l'âge adulte. Les saisons éloignent les visages, rongent les traits. Les voix, après avoir joué sous des voûtes en échos toujours plus fragiles, se perdent. Et ne demeurent que par moments les mouvements de lèvres prononçant des syllabes muettes comme sur l'écran d'un cinématographe déréglé.

Puis, au hasard des rues, quand on y pense le moins, un détail vulgaire et qui ne prend effet que dans notre propre boîte à miracles, accroche notre regard. Ce peut être une étoffe, la forme d'un regard, un toit à l'inclinaison courbé, une couleur tendue par une femme croisée qui ne saura en rien qu'elle nous a, pour une seconde, bouleversés. De maigres détails en somme, de sinistres formes, quelques immobilités borgnes et minérales, des choses à trois francs...

Alors tout se brouille, s'espace, et les images reviennent. On se prend à songer : se peut-il que cela soit si loin ? Ne suis-je pas soudain, et bien malgré moi, dans un jeu dont les règles imposées par quelque dieu ivre me ramènent, sans que j'y aie pris garde, au centre d'un tourbillon, dans le tumulte d'un rapide qui m'agite comme un fétu ?

Aveugle à ma propre vie, il me faut ces objets de rencontre pour me convaincre du temps passé, et les petites choses, toutes bêtes dans leur existence de petites choses, triomphent sans remise de ma déroute, me laissent à mes rides et à mes douleurs, aux jours en allés, aux mots bancals, aux silences des nuits durant lesquelles je renoue parfois avec celui que j'étais, et avec ceux qui ne sont plus.

Mais les maisons, les lavoirs, les petites hontes, la laideur, les vêtements affreux, les brioches ne demandent qu'à reparaître, ramenant avec eux dans le théâtre qu'ils improvisent les vieux acteurs endormis de jadis.

Il me suffit sans doute de les vouloir, et de l'écrire. Car quelque part, toujours, je m'en persuade, le peloton du Tour de France 1969 n'en finit pas d'enchaîner les étapes, et ses coureurs infatigables de filer sous les arceaux des ormes, sur le tapis noir des départementales oubliées, dans le velouté étincelant de la musique des moyeux et des rayons, tandis que sur le haut des fossés mangés de coquelicots et de bleuets, riant au ciel, un garçonnet couvert d'un ridicule bob rouge et bleu les regarde passer, passer et repasser sans cesse, juché à jamais sur les larges épaules de son cher oncle mort.

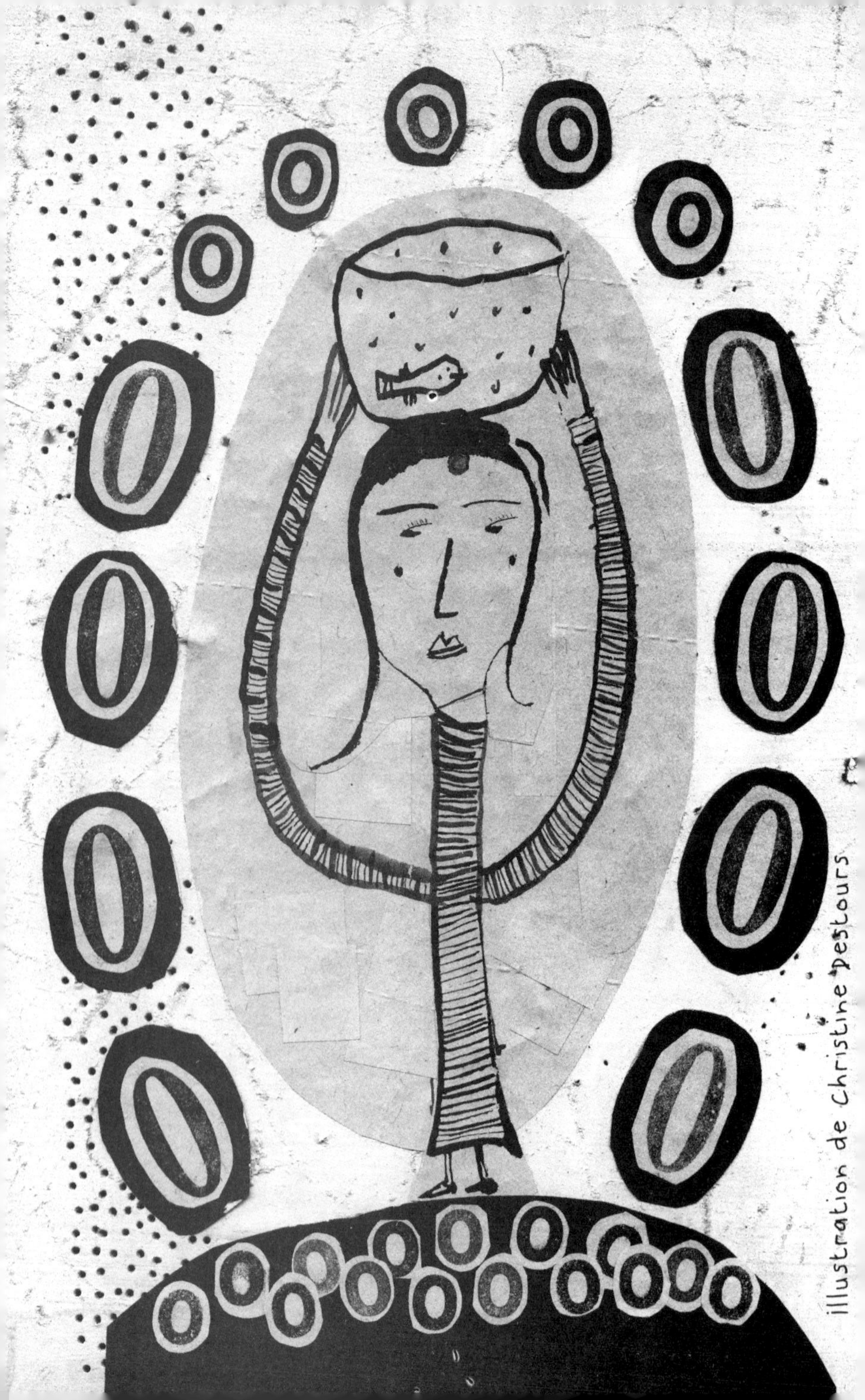
illustration de Christine Destours

8 m 40 au pont de la Tournelle

de Fabrice Colin

Le soir où ma mère avoua à mon père qu'elle l'avait trompé pendant dix jours exactement (pas un de plus, pas un de moins), il se mit à pleuvoir, comme jamais il n'avait plu.

Je m'en souviens très bien. Nous étions le 20 janvier 1910. De la fenêtre de notre petit appartement de la rue de Lyon, je regardais l'eau crépiter sur le trottoir tandis que, dans la chambre de mes parents, ma mère sanglotait sans retenue.

Après ses aveux, mon père était revenu s'asseoir à la table de la salle à manger. Il avait ôté sa veste, l'avait posée sur le dossier de la chaise et, maintenant, il restait impassible, les mains à plat sur la toile cirée.

Je n'osais pas lui parler. D'après ce que j'en avais compris, l'homme avec lequel maman s'était fourvoyée était un monsieur marié. Ma mère l'avait rencontré devant une boutique de tissu rue Maubert. Plongé dans son journal, il l'avait bousculée, s'était répandu en excuses et...

Assez !

Assez ! avait dit mon père. Je ne veux rien savoir.

Alors ma mère s'était mise à genoux et lui avait pris la main. Elle avait imploré son pardon : je vais pleurer toutes les larmes de mon corps, avait-elle prévenu, je mourrai si tu ne me pardonnes pas ! Mais mon père avait simplement quitté la chambre, il avait refermé la porte sans bruit et, à présent, il pleuvait.

A plusieurs reprises, j'avais suggéré une menue collation. Mon père n'avait pas répondu. Son regard était fixe, son immobilité cadavérique.

En désespoir de cause, j'allais frapper à la porte de ma mère. Assise sur le bord de son lit, elle leva vers moi un visage trempé de larmes. Je lui tendis un mouchoir. Tu es gentil, renifla-t-elle. Elle se tamponna un peu les joues. Ça va passer, lui dis-je. Mais qu'est-ce que j'en savais ?

Cette nuit-là, comme toutes celles qui suivirent, mon père dormit par terre : à même le parquet, sur une couverture pliée en deux. Je lui avais proposé mon divan, mais il avait refusé d'un signe de tête.

Le lendemain matin, il partit travailler comme si de rien n'était, insensible aux protestations de ma mère. En ce qui le concernait, elle pouvait aussi bien s'arracher les cheveux ou se jeter par la fenêtre.

Il pleuvait toujours.

Une heure plus tard, ma mère sortit à son tour. Des larmes continuaient de couler. Elle parlait, mais ne cessait pas de pleurer.

La situation était assez extraordinaire.

Progressivement, sans même nous en rendre compte, nous sombrions dans une sorte de routine.

Assis à la table du salon, mes livres d'études ouverts, je suçotais ma plume en regardant la pluie s'écouler sur les carreaux.

De temps à autre, quand mon père était absent, ma mère s'asseyait à mes côtés et buvait un long verre d'eau. Quand j'essayais de lui prendre la main, elle la retirait.

Intercéder en sa faveur était hors de question. Je connaissais mon père : il ne sortirait de son mutisme que lorsqu'il l'aurait décidé – s'il le décidait un jour.

Le 21 janvier, le niveau de la Seine à Paris dépassait déjà les quatre mètres. L'eau recouvrait une partie des quais. Le 22 janvier, elle commença de s'infiltrer dans les parties basses de la capitale. Les journaux montraient les caves du Palais de Justice envahies par les flots. Le ciel était toujours aussi noir.

En banlieue, l'affaire tournait au désastre. Apparemment, des milliers de familles étaient évacuées, à Ivry, à Alfortville et à Grenelle.

Le soir du 23 janvier, le métro, le train et le tramway s'arrêtèrent de circuler : les tunnels avaient été inondés.

Au matin du 24, j'entrai de nouveau dans la chambre de ma mère. Elle avait tant pleuré que le blanc de ses yeux avait disparu. Son regard était filtré par une résille de petits vaisseaux éclatés. Ses paupières étaient tuméfiées. Cette fois, c'est moi qui m'agenouillai devant elle.

Je ne savais pas quoi lui dire, à part ne pleure pas, ne pleure pas.

C'était ridicule.

C'était magnifique.

C'était elle et moi – rien d'autre.

A la fin, elle me sourit à travers ses larmes. Elle bredouilla quelques mots. Le cœur de ton père est devenu si sec, dit-elle, qu'il ne sent plus ce qui se passe.

Je me relevai.

Dans le salon, l'intéressé finissait de se préparer pour partir au travail.

Papa, dis-je.

Le prenant par la main, je l'amenai à la fenêtre. Notre rue était devenue un lac. Des gens avaient mis une barque à l'eau.

Mon père haussa les épaules et disparut dans la cage d'escalier. Je ne tentai pas de le retenir. Vous n'avez jamais connu quelqu'un d'aussi têtu que mon père.

Les jours s'écoulaient, monotones. Les nuits étaient agitées, confuses, pleines de douleurs muettes. A l'aube, mon père partait au travail en bateau. L'un de nos voisins avait mis à sa disposition une baignoire en bois qu'il n'utilisait plus, et mon père pagayait avec une rame de fortune, son chapeau faisant une ombre à sa colère.

Paris sombrait doucement. L'eau s'infiltrait par les soupiraux et refluait par les égouts. Cela puait, pourrissait, gargouillait. Les gens ne marchaient plus : ils clapotaient. Les gens jetaient leurs ordures depuis les ponts. Les gens pleuraient pour les ours du Jardin des Plantes.

L'éclairage avait cessé de fonctionner. Nous devions nous servir de chandelles. Les larmes tremblantes de ma mère ! Plus de téléphone non plus. Partout, le sol s'affaissait, des voûtes s'effondraient. Il fallait évacuer les détenus de la Conciergerie. Dehors, sur les boulevards, des centaines de barques passaient en procession. On disait que la tour Eiffel allait s'écrouler, percluse de rhumatismes. On disait que c'était la fin du monde, que la pluie ne s'arrêterait jamais.

Le 28 au matin, nouvelle visite à ma mère. Elle était épuisée. Elle n'avait pas dormi depuis des jours. Quand je la déshabillai pour la mettre au lit, je n'entendis qu'un vague sanglot de protestation.

Je rabattis le drap sur son corps tremblant et déposai un baiser sur sa joue. Papa ne sait pas, lui dis-je. Il ne se rend pas compte. Mais je t'en prie, maman : arrête.

J'ignore si elle m'entendit, mais le 28 au soir, la pluie cessa enfin. Mon père était assis à la table lorsque cela arriva. Je lui dis : Papa, regarde ! Comme à son habitude, il ne répondit pas.

Je me penchai sur son épaule.

Il était en train de remplir des papiers d'avocat.

Il voulait divorcer.

Papa, ne fais pas ça.

Il ne m'écoutait pas. Il signait des documents de paraphes rageurs, il plissait le front, grognait, je voyais bien qu'il était à bout lui aussi, que rien ce soir-là n'aurait pu le faire changer d'avis.

Lorsqu'il eut terminé, il mit ses papiers dans une enveloppe, referma le rabat, colla ses timbres et scella le tout d'un bon coup de poing.

Ils ne relèvent plus les boîtes aux lettres, dis-je.

Il eut un geste évasif.

Il s'en moquait.

Je retournai à ma fenêtre. Paris sous les eaux. Dans la chambre, ma mère semblait dormir. En tout cas nous avions cessé de l'entendre pleurer.

Le lendemain matin aux aurores, mon père descendit, sa lettre à la main. Je ne savais pas où il avait l'intention de se rendre. Dans une poste accessible, sans doute.

Debout devant ma fenêtre, je soupirai.

Debout dans sa barque, mon père ramait, tel un spectre du Styx.

Soudain, il se retourna et leva la tête vers notre étage. Je plissai les yeux. Il avait mis sa main en visière.

Une embarcation passa à ses côtés, formant des vaguelettes. La barque de mon père tangua. Il perdit l'équilibre, battit des bras et tomba à l'eau.

Aussitôt, les passagers de l'autre barque se portèrent à son secours. Je les vis ramer avec ardeur, s'empresser frénétiquement, tandis que mon père, agrippé à sa baignoire, se débattait, de l'eau jusqu'aux épaules.

Je dévalai les escaliers.

Dans le hall immergé, deux grands gaillards à moustache tenaient mon père à bout de bras. Je suis son fils, leur dis-je. Merci. Merci. Nous le hissâmes sur les marches. Il nous repoussa durement, nous signifia qu'il n'avait besoin de personne.

Je donnai une pièce à ses sauveteurs et remontai avec lui.

Il grelottait, furieux. Il demeurait muet.

Enfin, murmurai-je, c'est insensé, que s'est-il passé, qu'est-ce qui t'a pris ?

Mon père demeurait muet.

Arrivé chez nous, il se débarrassa de ses vêtements trempés et, en maillot de corps, se laissa tomber sur sa chaise favorite. A la main, il tenait toujours son enveloppe, trempée, inutilisable.

Je m'assis en face de lui.

Il pleurait.

Papa ?

Lentement, il entrouvrit la bouche.

Deux minces filets d'eau claire s'écoulèrent à la commissure de ses lèvres.

Papa ?

Il me regardait intensément.

C'est salé, dit-il.

Quoi ?

L'eau, fit mon père d'une voix blanche. Le chagrin de ta mère. Je ne pensais pas que c'était aussi salé. Je croyais...

Lentement, nous tournâmes la tête vers la porte de la chambre. Ma mère dormait toujours. A présent, j'en étais sûr.

Le dimanche 30 janvier, un jeune garçon en barque s'arrêta au bas de notre immeuble. Il vendait *Le Petit Journal*. « Enfin la Seine baisse ! » proclamaient les gros titres.

Le lendemain, ma mère sortit de sa chambre. Un sommeil de trois jours. Tandis qu'elle passait devant lui, mon père lui attrapa le poignet.

Il était toujours assis. Il la tira à lui, leva les yeux sur elle et enfouit son visage contre son ventre, dans les replis de sa robe. Ma mère hésita, puis ses mains se posèrent sur les cheveux de mon père.

Je quittai l'appartement sur la pointe des pieds.

Quelques semaines plus tard, une commission fut nommée pour élucider les causes de cette crue historique. L'archevêque de Paris envoya une lettre à ses fidèles, dans laquelle il les mit en garde contre la fureur divine causée par leurs exactions.

Un certain Fernand Rozier expliqua qu'un esprit des eaux lui était apparu pour le prévenir.

Mais à la maison, après coup, ce fut comme si ces dix jours n'avaient jamais existé.

Du danger des bains chauds

de Laurence Cossé

Le bain chaud est un des vrais plaisirs de la vie. Il paraît que Napoléon était de cet avis : c'est mon seul point commun avec lui. Dans son bain, lui dictait son courrier. Moi qui n'ai pas de secrétaire, j'y lis. Depuis que je suis en âge de me faire couler un bain, je n'ai jamais laissé passer l'occasion de lire, si possible un livre entier, et de préférence un roman, plongée jusqu'au coup dans une eau chaude que régulièrement je réchauffe. On m'a dit qu'au Japon, on se lave avant d'aller au bain. Il me semble aussi qu'un bain chaud est une chose beaucoup trop suave pour qu'on l'utilise pour se décrasser. C'est mon petit côté japonais.

Il paraît encore que la douche a de plus en plus de partisans, efficacité oblige. Il doit y avoir une corrélation entre cette évolution des mœurs et un intérêt en baisse pour la lecture.

Quoi qu'il en soit, c'est probablement plongée dans une chaude torpeur que j'ai fait vers dix ou douze ans une lecture qui m'a marquée : et pour cause, c'était l'histoire d'un bain mortel. Beaucoup d'histoires que j'ai lues avant quinze ans m'ont laissé un souvenir définitif. Les histoires, pas les titres, ni les noms des auteurs, dont je me contrefichais. Si bien que souvent, aujourd'hui, je me dis : tout de même, il faudrait que j'aie lu quelque chose de Conrad (Pouchkine, Mishima) ; je prends un livre de ce grand auteur, et à la page trois c'est clair : je connais très bien cette histoire, je peux même dire où et quand je l'ai lue ; simplement je n'avais pas noté qu'elle était de Pouchkine (Giono, Dickens).

L'histoire du bain tragique, je ne l'ai pas relue, je ne sais donc plus ni son titre, ni qui l'a écrite. Mais je ne l'ai pas oubliée. Elle se passe en Australie. La narratrice a dix ou douze ans. Elle vit avec son père, dans un coin perdu de la brousse australienne (c'est dans ce livre que j'ai lu pour la première fois le mot *bush* – le *bush* : comme si brousse n'était pas aussi bien, moins ambigu politiquement, et français).

Un coin de brousse, donc, une petite adolescente, un père merveilleux, sachant tout faire, s'occuper de ses bêtes, bien sûr, monter divinement à cheval, mais aussi cultiver tout ce qu'il faut pour se nourrir, construire tout ce qu'il faut pour s'abriter, cuisiner, chanter, comprendre une fille en train de grandir. De mère, point. La mère s'est éclipsée avant le début de l'histoire, morte à la naissance de l'héroïne, si bien qu'honnêtement, ne l'ayant pas connue, la dite héroïne n'en a aucune nostalgie.

Un père idéal, pas d'école, si je me souviens bien, la nature splendide – bref, le bonheur, en dépit ou grâce à des conditions de vie rustiques, à un endroit du monde particulièrement sec, brûlé par le soleil et où l'eau a un tel prix qu'on ne la gaspille pas à des futilités comme se laver matin et soir.

Mais voilà que le papa de rêve annonce un jour à la narratrice qu'il va se remarier. Où il a bien pu faire la connaissance de la nouvelle venue dans l'histoire, voilà un point que j'ai oublié. Et la question se pose, car cette Julia n'est pas une fille du coin. C'est une citadine, habituée au confort, très amoureuse mais pour qui la vie de cow-boy, ou plutôt de femme de cow-boy, apparaît vite d'un ennui et d'une rigueur effroyables.

Et cette malheureuse fait une fixation sur l'eau, sa toilette, la salle de bains – plus exactement le manque d'eau, l'absence de dispositif prévu pour se toiletter, l'inexistence de la salle de bains. Que de chichis, pense à par soi la narratrice, à qui son père (qui lit dans ses pensées) essaie de faire comprendre que, pour certaines gens, ces choses-là sont importantes.

Un bon mari, qui entreprend de transformer une des pièces de la maison en salle de bains, y installe un lavabo, y fait arriver l'eau. Ce n'est pas assez pour Julia. Elle veut pouvoir se baigner, et dans de l'eau chaude. Qu'à cela ne tienne, son époux lui fabrique une baignoire, un chauffe-eau, une citerne. L'inauguration de l'installation est un grand moment.

On pressent que tout cela ne peut pas finir bien, et on ne se trompe pas. Un jour où le père et la fille sont allés au marché à Canberra (Adelaïde ?), revenant à la nuit, en jeep, ils voient une voiture sur la route, qui les attend. (Là, il se peut que j'invente ; mais l'esprit y est.) C'est leur plus proche voisin, Jim, du ranch à dix kilomètres du leur. Il est grave. Julia a voulu prendre un bain, le chauffe-eau s'est emballé, le feu a pris, il a consumé la moitié de la maison et la pauvre a péri carbonisée.

Je lisais ça, dans ma baignoire, heureuse pour la fille, d'une part ; d'autre part un peu embêtée, car je ne m'imaginais pas plus renoncer aux bains chauds qu'aux romans, où que la vie ait le caprice de m'emmener plus tard.

Grand souvenir. Non seulement ce livre était épatant, mais j'avais appris quelque chose : il y avait danger à priser les bains chauds, certains y avaient laissé leur vie. Il fallait choisir.

J'y pense encore chaque fois que j'ai tiré le loquet sur la vie, ses mesquineries et son téléphone, pris un roman dont je sais qu'il est formidable et que je plonge lentement dans un bain.

La dernière larme du commandant Guillaume

de Jean-Félix de La Ville

C'est la larme qu'il fallait fixer. La petite goutte annonciatrice qui coula sur le nez et sauta sur la longue combinaison bleu marine, se faufila entre les décorations et finit sur le pistolet, éclats noirs de crosse rouge. C'est elle qu'il fallait suivre et qui disait toute la suite. Chef d'un bataillon de l'opération Turquoise, le commandant Guillaume était sur la colline de Bisesero au Rwanda et écoutait le récit de l'instituteur tutsi : « Ça dure depuis trois mois, on n'en peut plus, on a plus la force de la course, ils ont tout coupé, moi ils m'ont coupé ma femme et mes deux filles, mon fils, il lui ont coupé les deux pieds "pour qu'il courre moins vite", on n'a plus aucune des forces des hommes, les hommes tutsis il les tue tout de suite, les enfants aussi sauf un par famille qu'ils ne coupent pas entièrement "pour qu'il conte", mais les femmes, ils donnent du raffinement, il les viole, coupe leurs seins, des voisins, ce sont des voisins, je les connais tous ceux qui courent sur mes pas depuis trois mois, le plus féroce, c'est peut-être Félix, l'instituteur de Butaré, il a tué presque tous ses élèves tutsis et pourtant on prenait souvent une bière le soir, tous les deux après la classe de primaire. » Il s'arrêta quelques secondes. « Dans chaque village il y a un milicien qui dirige les tueurs, chaque groupe de miliciens est sous les ordres d'un militaire, et les militaires sont encadrés par la garde présidentielle.» Ce fut le hic. Garde présidentielle. Il y eut la larme. Puis il y eut le commandant du GIGN qui baissa la tête, tomba sur ses genoux, puis sur ses fesses et se mit à sangloter sur le chemin. Ses hommes le regardaient. L'entouraient. Un essaim de longs corps bleu marine. Un peu gênés. C'est le commandant tout de même. Ils attendaient les larmes mais rien ne vint. Ce fut une grande clarté tout d'un coup, lui le commandant du GIGN, lui le second de Saint-Cyr, lui le major de l'École de gendarmerie, lui le mari d'Agnès et le père de Jean et de Louise, lui venait de comprendre, de tout comprendre, le secret qui entourait ses missions d'entraînement de la garde présidentielle rwandaise dans les années 92, 93, sa légion d'honneur et sa nomination au grade de commandant le lendemain de son retour du Rwanda, cette opération Turquoise « à but humanitaire » mais qui rassemblait toute la fine fleur de l'armée française, on marchait sur les commandos, les légionnaires, les troupes de marine, – tout ce beau monde musclé et bronzé pour transporter des sacs de riz ? –, il comprit tout en quelques secondes, il comprit qu'il avait armé le bras des tueurs, qu'il avait formé les artisans du génocide et leur avait fourni leurs armes, pas assez puisque depuis plus d'un mois il fallait tout faire à la machette. Sa larme comprit avant lui. Il dit: « On les a entraînés. » L'essaim ne trouva rien à dire. Il ajouta: « Je les ai entraînés. » On lui offrit de le rapatrier sanitaire en France.

Depuis ce jour, il dirige la section autoroutière de Châlons-en-Champagne. Chaque nuit, comme dans les plus mauvais films sur la guerre du Vietnam, il fait le même rêve, de longues femmes et de longs enfants noirs sont rassemblés dans une bananeraie encerclée par des hommes qui brandissent des machettes et dont le chef clame : « Nous allons vous couper. Pas besoin de courir, nous sommes fatigués par le travail et nous avons encerclé la bananeraie », et les machettes s'élancent quand il se réveille. A ce moment, il veut pleurer, ses traits tirés dans tous les coins attendent les larmes. Mais rien. Pas une goutte d'eau.

illustration de Christine Lesueur

Chamelle (extrait)

de Marc Durin-Valois

Si le vent soulève au loin les sables et en fait des volutes, c'est que l'eau manquera bientôt partout.

Jamais ce vent chaud n'était venu jusqu'ici. Plus loin à l'ouest, oui. C'était arrivé. On avait vu les hommes errer comme des spectres desséchés, les lèvres et la langue si blanches qu'ils semblaient vomir du lait. Mais, ici, en douze ans, jamais.

L'un des petits a pris une grande cuillère en bois et tape contre le bidon, en haut et en bas. Cela fait tchic-toc-tchic-toc. Sur la crête d'une dune de terre rouge, Mouna et les enfants se sont mis à danser. Je n'ai pas le cœur à les rejoindre.

– Vas-tu venir, Pouzzi? me lance la petite.

Les gamins entourent leur mère qui balance sur ses pieds nus. Au loin, entre les hauteurs qui serpentent à l'horizon, se glisse le soleil déclinant. Il vient peindre d'une lueur orange la savane pelée. Une branche épineuse s'enfuit, soulevée par la poussière dense. A hauteur de cheville, elle court sur les herbes sèches et un sol qui se dénude en plaques terreuses.

Ce vent fort et chaud ne me dit rien de bon. Voilà au moins une vingtaine de jours que la saison sèche aurait dû se terminer.

Viennent sans se presser deux de nos voisins. Eux aussi se mettre à danser, ajoutant leurs longues silhouettes à celles des enfants. En contre-jour, cela fait comme un grand insecte sombre agitant ses antennes annelées sur le haut de la dune.

– Rejoins-nous, m'appelle à son tour Mouna.

Je fais non de la tête.

Les uns après les autres, les puits se tarissent. La source sur laquelle est installé le village ne donne plus rien. On cherche l'eau dans toutes les directions. Aujourd'hui avec Chamelle j'ai parcouru la savane au sud. Il m'a fallu plus de quatre heures pour trouver un puits et revenir. Encore l'eau était-elle grise. Le sceau frottait tout au fond. Demain, à cet endroit, tout sera sec.

Déjà, les hommes passent et ne s'arrêtent plus au village. Ils fuient l'ouest, poursuivent leur route sans ralentir, hagards, entourés d'enfants, de quelques animaux parfois. Ceux qui n'ont pas de chameaux n'iront pas loin. On chasse certains clans avec de grands gestes, des poings tendus. Quand il s'agit de familles amies, on leur donne du thé sucré. Quand on peut. De toute façon, ils ne demandent pas plus. Ils savent bien que nous n'avons pas grand-chose.

Depuis le début de la saison sèche, je n'ai plus d'élèves. J'ai rangé dans une des cahutes le tableau noir et un petit tas de cailloux crayeux. J'ai gardé un des quatre cahiers pour moi. J'écris tout petit. Cela économise des pages. Pour le moment, je me sers d'un pinceau dur. Je le trempe dans une encre très noire que je fabrique avec des excréments de brebis. Je m'en sers encore aujourd'hui.

Même les gamins du village ont déserté la classe. Ils n'ont plus le temps. Eux aussi cherchent l'eau. Il y a peu, on m'apportait dattes, haricots, fèves. Il est arrivé qu'on me remercie avec une poule – mais le petit Kizou, en la mangeant, a failli en mourir – et même une chèvre que nous avons appelée Imi. Aujourd'hui on serait bien en peine de me payer.

Plus personne ne vient ici. Il ne reste que ces ombres, dont on voit les silhouettes au loin s'enfoncer dans les immensités jaunes.

Continue ta musique, Ravil. Vous les petits, au large. Me voilà ! Quand les choses menacent, il faut danser. Le corps s'agite pour rien. Ni contre la faim, ni contre la soif, ni encore contre la peur. Mais pour rien. Et ce rien-là chasse peu à peu les dangers comme de vains fantômes. Ne reste que Dieu.

– Enfin, Pouzzi est avec nous, s'exclame Shasha en faisant tourbillonner un bout de tissu qu'elle a mis crânement autour de la taille.

Je martèle à mon tour le sol, non sans demander à la petite, pour la millième fois, de ne plus m'appeler Pouzzi.

L'insolente a tout juste sept ans maintenant. Quand elle est née, j'ai vu que c'était une fille. J'allais, le même jour, l'emporter derrière le village pour l'étouffer et la bénir en l'enterrant sous les pierres. Dans le silence lourd de la cabane où Mouna venait d'accoucher, l'enfant avait poussé un cri. Soyeux. Profitant de quelques minutes d'inattention de ma part, sa mère s'était enfuie. Je l'avais cherchée partout pendant trente longs jours dont elle était revenue, amaigrie et silencieuse, le bébé endormi sur son dos, tenu par un long foulard bleu en percale. Ce jour-là, je me souviens d'avoir détaché doucement l'enfant, et amené Mouna dans le cabanon. Là, pendant une journée entière, je l'avais rouée de coups. Puis, comme il était trop tard pour la petite, nous convînmes de l'appeler Shasha.

Sérieuse et concentrée, Mouna remue à peine. Sa cambrure suit pourtant la cadence. Que tu es belle, ma femme Mouna, qui sourit et ne quitte pas les enfants du regard, du plus grand au plus petit. Ravil, l'aîné, qui tape comme un sourd sur le bidon, Ako, le deuxième, qui saute sur place, la petite Shasha qui tourbillonne, et Kizou qui promène ses quatre ans d'un coin à l'autre de la dune. Bientôt nous rejoignent les autres familles, le village presque tout entier est là, cinquante hommes, femmes, enfants. Nous nous agitons en rythme un long moment. Puis Ravil donne trois grands coups forts et brefs sur le bidon. Et s'arrête. Alors tous se saluent et, comme une nuée de sauterelles, s'éparpillent pour traire les bêtes et vaquer avant le repas.

Quand le soleil couché ne laisse plus que des traînées de feu dans le ciel, quand la prière est faite, alors sur les nattes de paille attendent les enfants. Assis, ils sont sages, et leurs ventres creux gargouillent, leurs yeux attentifs se posent sur la galette de mil, le fromage de brebis et le thé au miel, couverts de mouches, dont ils hument, les narines dilatées, les senteurs mélangées. Personne ne se dispute. Les parts sont petites, chacun les examine longuement. Ravil prélève un petit morceau à Shasha, le donne à Kizou. Après ces découpes silencieuses, c'est la mère qui donne le signal pour manger. Tout disparaît alors en quelques secondes dans la bouche des enfants qui grattent le tapis pour récolter les miettes oubliées.

Leurs visages déçus et creusés se tournent ensuite vers nous. Et, comme tous les soirs, Mouna dit fermement, presque en criant :

– C'est fini. Allez-vous-en!

Shasha est déjà partie, courant, pour jouer avec sa chèvre Imi, bientôt poursuivie par ses deux frères. L'aîné, lui, reste assis entre nous. Il a douze ans, c'est bientôt un homme, il sera initié avant la fin de la saison sèche. Si tout va bien.

Imi est dans un enclos, pas loin de Chamelle. Elle nous a été donnée il y a quatre ans. Mourante, pour la viande. A force de soins, la petite chèvre a survécu. Couplée à un bouc du village voisin d'Assouh, elle a même mis bas trois chevreaux. Le mâle, on l'a mangé. Mais les deux autres chèvres ont produit quatre autres petits, puis deux autres encore. Dans son espace, Imi mène le monde à petits coups sévères de tête et de cornes. Quand les enfants arrivent, elle se fait douce et leur lèche les joues et les mains. Shasha et Kizou viennent s'allonger contre son flanc, tentent de sucer ses pis et lui racontent d'interminables histoires. Elle fait «Bêêê», comme si elle comprenait, et les gamins de rire. Plus loin, sont réunies les brebis. Douze au total que nous faisons saillir régulièrement et qui donnent du lait.

Et il y a Chamelle enfin, qui rumine sans fin, et grogne, et ronfle, et gratte le sol, et blatère, de mauvaise humeur contre tout, contre le ciel, contre la terre, contre ce maudit vent qui lui souffle dans les narines quand elle broute les herbes rares, et contre ceux qui lui ont volé son chamelon pour lui substituer une vilaine poupée de chiffons.

Ainsi ai-je un peu de bien. On est toujours le riche de quelqu'un. Les Massoko ont beaucoup plus que moi, leur troupeau de chèvres et de brebis compte trente têtes. Ils ont même deux ânes. Mais aucun chameau. Ils n'en ont jamais voulu car cela ne rapportait pas assez. Depuis quelques jours, le vieux Massoko en cherche sans succès dans toute la région. Il n'en trouvera pas. Moi, pour acheter Chamelle, j'ai dû attendre plus de six ans. Et si nous devons quitter le village, lui et les siens seront les plus démunis d'entre nous.

Ainsi va la vie et ses richesses.

– La paix soit avec toi, Rahne.

C'est notre voisin Dukka qui s'approche du petit feu de racines où chante la bouilloire. Je l'invite à s'asseoir et boire le thé. Mouna et Ravil s'éclipsent. Un peu plus jeune que moi, l'œil noir et le teint sombre, il est mon ami, presque un frère. Je le regarde en souriant. Lui est grave. Au nord, il n'a pas trouvé d'eau. Et à l'ouest, me confie-t-il, les clans locaux ont promis de décapiter quiconque s'approcherait de puits déjà presque secs.

– Au sud, dis-je, j'ai bien trouvé une source à quatre heures d'ici. Mais le seau raclait déjà la terre.

Il hoche la tête. Les mouches bourdonnent, une chèvre s'agace de quelque chose et bêle. La nuit est tombée. Nuque baissée, chacun réfléchit. Quand la sécheresse dure, celui qui bouge trop tard meurt : il n'aura pas le temps de trouver un puits. Celui qui part trop vite aussi : il n'aura pas la force de rebrousser chemin. En tournant lentement, du nord au sud et de l'est à l'ouest, on trouve une multitude d'options possibles. Et il n'y a que Dieu à savoir exactement où est l'eau. Ou alors les méchants qui, par un fait exprès, se retrouvent toujours près des zones fraîches. On évoque toutes les possibilités. Si les puits sont à plus de six heures de route, il faut partir tout de suite. Mais vers où?

Nous nous séparons, tard, sous un ciel violacé. Comme un œil à demi ouvert, la lune blanchit la savane et les dunes. A travers les étendues immenses et blafardes que ferment au loin les montagnes sombres du pays noir, le vent chante doucement. C'est comme une menace douce, susurrée à voix basse. Demain il fera terriblement chaud.

Je me glisse sans bruit dans notre cabanon. Quand je l'ai construit il y a un peu plus de quatorze ans, je pensais ne rester que quelques mois. Depuis, je l'ai agrandi chaque fois qu'un nouveau-né arrivait. Il fallait ajouter sur le toit un autre bout de tôle, cela ne se trouvait pas partout. Nous avons aménagé l'intérieur avec les nattes, un grand espace pour les enfants, un plus petit pour Mouna et moi, afin que chacun ait ses aises. Ce soir, profitant de mon absence, tous les gamins sont venus se serrer contre leur mère. Enchevêtrés, ils dorment confiants. A entendre leurs respirations irrégulières, ces infimes parts de vies frémissant dans la pénombre, ces sifflements tendres qui répondent sans le savoir à la menace, là-bas, le souffle du vent qui au-dehors poursuit ses imprécations terrifiantes à voix douce, un nœud m'étrangle lentement la gorge. Je m'allonge sur le côté, seul, dévoré de pensées.

– C'est quoi ce bruit? demande Ako qui, inquiet, s'est mis d'un coup sur son séant et se laisse retomber sur sa couche, déjà rendormi.

Dors, petit Ako.

Si, demain, le jour pouvait ne jamais venir.

Dès l'aube, je suis parti avec Chamelle. Le vent s'était tu. La savane ponctuée d'arbustes épineux et d'acacias solitaires semblait pétrifiée.

J'ai cherché partout. J'ai erré, erré dans les dunes et les collines pelées de ce maudit sud, écrasé par la chaleur, qui était comme la bouche ouverte du diable. Mais je n'ai rien trouvé.

A plusieurs reprises, j'ai été appelé par des hommes me hélant au loin. Je ne suis pas allé les voir. Je ne pouvais rien pour eux.

J'ai trouvé sur ma route un signe inquiétant. La carcasse d'un chameau mort que les charognards et les oiseaux avaient déjà en partie dévorée. J'ai regardé les traces. Elles venaient du sud. La sécheresse est si grave qu'elle s'est donc bien emparée de toute la région. Je connais ces choses-là, je les ai étudiées.

Au soir, je suis revenu avec d'autres villageois. Bredouilles eux aussi.

Mouna m'attend, debout, l'aîné à ses côtés. Autour d'eux, les enfants silencieux jouent. Je dis simplement :

– Il faut partir.

Le visage de Mouna se contracte. Un instant fugitif. Une expression que je ne lui connais pas. Puis elle hoche la tête et part réunir nos affaires. Ravil la suit, les yeux ronds et absents, sans dire un mot. Dans tout le village, on se prépare, les femmes s'agitent devant les cahutes d'argile. Seuls les Massoko restent. Ils n'ont pas le choix. Ils espèrent vivre du sang et du lait de leurs bêtes en pariant que l'eau viendra avant qu'ils ne meurent.

Les trois petits, excités par toute cette agitation, sautillent sur place. Ako est parti chercher un grand morceau d'étoffe qu'il a étendu à plat sur la terre. Perplexes, Kizou et Shasha examinent leur frère avec l'attention que l'on porte à un nouveau jeu. Il installe au centre du tissu un morceau de savon, plusieurs bouts de bois, l'image sculptée d'un prophète qu'un nomade lui a donnée, quelques billes de grès, un petit couteau en corne, et puis d'autres broutilles qui sont les trésors incompréhensibles des enfants. Ensuite, il ramène les quatre coins du tissu vers le centre, fait deux nœuds entre lesquels il glisse un bâton, et met le tout à l'épaule.

– Voilà, dit-il fièrement aux deux petits, qui, les yeux brillants, courent demander à Mouna d'autres bouts de tissus.

J'avale rapidement quelques boulettes de mil et pars à l'assemblée du soir. Nous nous réunissons devant une grande hutte ayant appartenu autrefois à une famille décimée par la fièvre des moustiques. Personne n'a plus jamais voulu l'habiter.

Les hommes du village sont là, une quinzaine, le visage préoccupé. Il y a un long échange de politesses, comme il se doit. Vas-tu bien? Oui, je vais. Et toi, Rahne, tes enfants se portent-ils bien aujourd'hui comme hier? Oui, Nazuri, que la prospérité soit avec toi. Et ainsi de suite. Comme si ces longues salutations pouvaient tenir à distance, dans une forme de mépris, toutes les menaces accumulées. Les débats s'engagent, entre deux qui veulent prendre la route du nord, et les autres qui préfèrent partir au sud.

– Plus on avance vers le sud, ai-je alors objecté à tous, plus le sol se fend. Le nord ne vaut pas mieux. La seule voie de salut, c'est l'est.

Il y a un long silence, un peu sidéré. Je suis le seul ici à savoir lire et écrire, à avoir vécu autrefois dans une grande ville. Très vite pourtant, on me rétorque que je perds la tête.

– A l'est, tu ne trouveras que la misère, dit Dukka, en secouant la tête.

– Et les pillards, ajoute un autre.

J'explique qu'on peut traverser les dunes en dix ou douze jours, et s'installer ensuite derrière la frontière, près des lacs. Que la route vers l'eau est deux fois plus courte que par le sud. Un homme m'écoute intensément, hésite. C'est Assambô.

– Vous mourrez tous en route, reprend Dukka avec inquiétude. C'est la guerre là-bas.

Je rétorque que la sécheresse sévit partout. Je les implore de me suivre. Que sinon le sud sera leur tombeau à tous. Ils ne se laissent pas convaincre. Seul Assambô, indécis, dit qu'il va prendre l'avis de sa femme Salimah.

Nous échangeons d'interminables vœux pour le voyage. Dukka tente de me faire changer d'avis, puis me serre contre lui. Le vieux Massoko, pour se donner du courage, conclut les bénédictions en promettant :

– Nous garderons le village et vos maisons.

Gênés, tous se taisent.

Je retrouve Mouna et les enfants devant la cabane. Le peu que nous avons a été rassemblé dans des ballots, tenus par des nattes, des couvertures et des tissus. Les yeux brillants de fatigue et d'excitation, chaque enfant a ficelé un petit bagage. Ne manque que la petite.

– Où est Shasha? dis-je agacé. Shasha!

Sa voix fuse soudain de derrière une cahute abandonnée dont il ne reste que des pans de murs.

– Me voilà, Pouzzi! lâche-t-elle en apparaissant.

Elle fait un entrechat, tourne sur elle-même, fièrement. Elle a mis son habit rouge, celui des grandes occasions, lorsque nous partons au village d'Assouh, pour le marché, une ou deux fois par an. A nouveau, elle rit. Pour elle, partir a toujours signifié une fête. Abasourdis, Mouna et moi ne bougeons pas. Alors, heureuse de son effet, elle esquisse quelques pas de danse.

– Tu vois, maman, j'ai mis ma robe.

– Je marcherai avec ma belle robe, répète-t-elle, la gaieté continuant à rouler dans sa gorge.

Alors Mouna, sans un mot, sans un soupir, cache son visage au creux de mon épaule et pleure sans bruit.

– Ne t'inquiète pas, lui ai-je chuchoté. Je vous amènerai tous là-bas vivants.

Au-dessus de nos têtes, les étoiles scintillent.

Anata et Basilou

de Eugène Ebodé

Anata et Basilou étaient natives de Bonamoussadi. Ce quartier de Douala était, à l'époque, un village entouré de palmiers, de cocotiers, de manguiers, de frangipaniers et d'hibiscus dont elles aimaient cueillir les fleurs pour en suçoter le nectar. Leur histoire est restée comme un insupportable suspense car, enlevées, elles ont été brutalement arrachées à leur terre. Les Bonamoussadiens ont longtemps pleuré ces enfants disparus. Près de deux siècles plus tard, dans une maison de Gros-Morne, aux Antilles, un témoignage sortit des caves du destin. Les gens de Bonamoussadi devaient connaître la totalité de la vérité et cesser d'enfouir, telle une autruche, la tête dans les sables de l'ignorance et de la couardise...

Anata et Basilou étaient nées le même jour et presque à la même heure. Ceci avait donné du travail à Gossago, l'accoucheuse. Elle exigea que les deux voisines, Natondi et Wa, qui étaient au terme de leurs grossesses, soient réunies dans la même case et non maintenues chacune chez elle selon la tradition. Tout s'était bien passé, et les deux enfants, deux filles, étaient venues au monde en lançant simultanément le même cri de délivrance. Les mamans ne pouvaient oublier l'instant où elles prirent ces enfants-là dans leurs bras, se les échangeant en riant jusqu'au point où, à un moment, on ne sut plus très exactement quel enfant était à l'une ou à l'autre des deux femmes. L'instinct maternel régla l'affaire, mais un doute subsista. Pour le combler, les deux mères décidèrent de faire comme si elles avaient accouché de jumelles. Anata et Basilou dormaient ensemble dans la case de leur choix. Personne n'aurait eu l'idée de les contrarier. Les parents s'entendaient à merveille et aucune dispute, concernant « les jumelles », n'éclata pour introduire la zizanie dans le rythme de vie adopté par les deux familles.

Les petites étaient splendides ! On les appelait les deux gazelles. Leurs longs cheveux descendaient si bas qu'il fallait toujours réunir plusieurs tresseuses autour d'elles, non pour les enchignonner mais pour leur faire de belles nattes qui se terminaient par une forme de turban naturel au sommet du crâne. C'était une coiffure que les jumelles de cœur adoraient et, pour rien au monde, elles n'auraient voulu en changer. La raison en était toute simple : elles aimaient aller chercher l'eau à la rivière. Les voir revenir au village avait toujours été un saisissant spectacle. Sous les derniers rayons du soleil couchant et rasant, les mouvements de leurs boucles d'oreilles, le tempo de leurs pas, le relâchement de leurs bras, le balancement régulier de leurs corps, l'éclat de bonheur dans leurs yeux, leurs petits rires devant les taquineries de quelques gamins ne déséquilibraient pas d'une once les jarres ou les calebasses stables sur de si jolies têtes. Leurs longues jambes fines et droites allongeaient deux corps d'ange sous le ciel de Bonamoussadi. Les prétendants commencèrent à se bousculer dès que les « jolies gazelles » atteignirent l'âge de cinq ans. Quand elles eurent douze ans, les pères se consultèrent :

– Nous les marierons à la saison des cerises, avait dit le père d'Anata, un soir de poésie où la nature généreuse du village avait fait éclore de beaux fruits des bois autour de leurs cases.

– Oh, elles aiment tellement l'eau que c'est à la saison des pluies que nous devrions le faire, rétorqua le père de Basilou. Les mères prirent la parole :

– Il faudra que les mariés soient puissants et riches ! Qu'en penses-tu, Wa ?

– Eh bien, Natondi, tu as raison, nos filles, il faudra les mériter ! dit la mère de Basilou, approuvant celle qu'elle appelait familièrement « ma co-épouse ».

– Femmes, ne nous excitons pas ! D'ailleurs, il faudra veiller sur ces beautés !

Une ride barra soudain le front de Dibanda, le père d'Anata.

– Oui, renchérit Moto, le père de Basilou. Nous ne sommes pas à l'abri des rapteurs. Ces voleurs d'enfants qui ont depuis longtemps perdu leur âme pour des breloques et de l'alcool !

Dibanda explosa :

– Si quelqu'un touche à un seul des cheveux de ces enfants, je vous donne ma parole, je le découpe en morceaux !

– Que Dieu t'entende !

Les rapts d'enfants étaient chose courante à cette époque où des navires mouillaient dans ce qui était alors un petit port sur le Wouri. Les gens du village vivaient de pêche ou d'agriculture. Les parents des deux filles étaient des pêcheurs, ramenant des poissons comme les capitaines, la morue, les silures, les carpes et les maquereaux que les femmes allaient vendre au marché. Ainsi, quand les parents s'en allaient, ils prenaient soin de laisser des consignes et des recommandations :

– Les filles, vous ne sortez pas de la case si un étranger vient jusqu'ici. Voici un tambour, au moindre danger, battez-le, quelqu'un viendra vous secourir.

Plusieurs fois, des rapteurs se présentèrent, et les filles, sans prendre peur, battirent le tambour et les rôdeurs s'enfuirent.

Un jour, cependant, les mères étant au marché et les pères à la pêche, les jumelles voulurent se désaltérer. Aucune gourde ne contenait de l'eau. Elles se regardèrent. Les consignes étaient de ne pas sortir, car la veille encore plusieurs enfants avaient été enlevés. Leurs parents avaient couru à la mission catholique qui venait de s'installer. Le père blanc s'était froissé la barbe et avait prié. Il avait dit que le ciel punirait les coupables, précipiterait les rapteurs de gosses dans les flammes de l'enfer. Amen !

Les nuages noirs s'amoncelaient dans le ciel de Bonamoussadi et, chaque jour, il y avait une histoire d'enfants disparus. Alors, les jumelles se regardèrent :

– Qu'est-ce qu'on fait Anata ?

– Qu'est-ce qu'on ne fait pas, Basilou ?

– J'ai soif, Anata !

– Moi aussi ! Mais nous ne pouvons pas sortir d'ici.

– Tu as raison. Oh, quelque chose m'inquiète !

– Quoi donc ?

– Quand nos mamans rentreront, elles n'auront pas d'eau pour préparer le repas ou simplement pour se désaltérer.

– Oh, oui, elles auront encore plus soif que nous ! Allons chercher de l'eau à la rivière. Faisons néanmoins attention !

– Oui, nous ferons gaffe !

Elles prirent donc leur courage à deux mains et quittèrent la case. Les calebasses sur la tête, elles descendirent la colline et traversèrent bientôt le bois au bout duquel se trouvait la rivière. Des bêtes criaient dans la forêt. Des singes sautaient de branche en branche, s'arrêtant même pour s'empiffrer de bananes cueillies au vol. Joueurs, ils lancèrent quelques fruits aux jeunes filles qui s'en saisirent en riant. Arrivées à la rivière, Anata et Basilou remplirent leurs calebasses. Elles remontaient le chemin de retour quand surgirent quatre hommes grimés et menaçants. Les yeux des jeunes filles n'eurent pas le temps de s'agrandir par la peur. Elles furent bâillonnées, ficelées et emportées. Une course commença à travers la forêt, puis les ravisseurs les posèrent sur des chevaux qui, rapidement harnachés, s'emballèrent. Le monde d'Anata et de

Basilou disparut au moment où des larmes de douleur jaillirent de leurs yeux et où elles s'évanouirent car, pour éviter toute mauvaise surprise, les kidnappeurs leur assenèrent de violents coups sur la nuque.

Quand elles ouvrirent les yeux, beaucoup plus tard, on leur donna à manger. Elles refusèrent. On les gifla. On leur attacha les mains. Un rapteur leur ouvrait la bouche tandis qu'un autre fourrait précipitamment une nourriture infecte dans les gosiers des filles. Elles pleuraient et avalaient. S'étouffaient de rage et de gavage. Celui-ci terminé, elles rendirent d'un même mouvement ce qu'elles avaient ingurgité. Les rapteurs bouillonnaient de rage :

– Vous allez manger ou mourir !

– Nous voulons rentrer chez nous !

Les hommes en face des jeunes filles avaient l'air de pantins qu'un démon agitait. Ils se prenaient la tête dans les mains, rugissaient tels des fauves, sautillaient sur place avec des hurlements à déchirer les tympans. Ils ourang-outaient, bêlaient, cochonnaient, « groin, groin », sifflaient la mort entre leurs dents rougies par des décoctions qu'ils avalaient et qui leur montaient à la tête ; ils chien-chientaient, se griffaient jusqu'au sang et paraissaient prêts à planter leurs dents dans la chair humaine.

– On va vous vendre ! Ou vous manger !...

Et ils chargèrent les jeunes filles médusées sur leurs épaules et reprirent la route à travers la forêt. Cela dura des jours. Ils s'arrêtèrent près d'un village où deux hommes faillirent délivrer les jeunes filles.

Mais les rapteurs avaient des fusils et ils abattirent les libérateurs avant de s'enfuir de nouveau. Puis il y eut un autre village où les jumelles avaient beau hurler, les gens passaient comme des ombres, sans leur accorder le moindre regard. Ils semblaient secs, aussi vides d'humanité qu'une gourde sans eau.

Une semaine, un mois ? Combien dura l'épreuve ? Anata et Basilou ont laissé un texte sur ce qui fut leur randonnée d'infortune et leur sevrage brutal d'avec la terre de leurs ancêtres. Elles ont écrit :

« Nous avons voulu vomir nos intestins, mais nous avons aussi cru qu'un jour nous rentrerions à la maison. Puis, il y a eu le bateau et l'eau. Nous aimions l'eau mais pas le bateau. Nous avons toujours aimé l'eau. Les vagues, curieusement, nous berçaient, malgré les odeurs, la mort, les coups, les viols. Pour finir, nous avons échoué dans un pays inconnu. Il y avait un marché. On nous a vendues et revendues. Nous n'avons jamais été séparées, mais nous avons survécu aux coups, presque cadavérées, à la Martinique, puis dans une plantation à Gros-Morne. La vie y a été morne, oui. Nous avions la tête ailleurs : vers l'eau du retour. Tous les soirs, nous nous disions : "Mais quand est-ce que nos papas et nos mamans vont venir nous chercher ?" Ceux qui nous ont vendus et qui ont défait notre existence sont aussi ceux qui devraient être châtiés avec tous leurs complices. Paix à ceux qui ont tenté de nous épargner l'horreur, mais que les rapteurs ont froidement assassinés. La vie, la nôtre, n'a tenu qu'à une calebasse d'eau et, désormais, l'eau nous sépare des nôtres. L'eau donne la vie, elle la retire aussi... Africa, nous voulons continuer à hurler : "Natondi wa, je t'aime, mais nous entends-tu ? Nous entendez-vous ?" »

O Furo !

de Elise Fontenaille

Il y a bien longtemps, j'ai vécu au Japon.

Je garde de ce séjour un assez mauvais souvenir, de tous et de tout ou à peu près, sauf du bain, qu'on appelle là-bas O Furo, ce qui signifie : Honorable bain.

Je l'avoue, j'ai depuis toujours un vice caché : je vis dans ma baignoire.

Il y en a qui cherchent refuge dans les toilettes, dans les parkings, les salles de gym, les terrains de foot, les forêts ; moi, c'est la salle de bains.

J'emporte des piles de biscottes avec beurre et cornichons, un tas de livres, et je reste là du soir au matin et du matin au soir.

J'y travaille, j'y dors, j'y rêve, je rajoute un peu d'eau chaude, c'est mon bureau, j'y fais à peu près tout, à part me laver, jamais de la vie, quel dommage de salir une si belle eau !

En France, c'est un peu honteux, le bain n'a rien d'honorable, mais au Japon, si, justement, ça l'est.

Lorsqu'un étranger entre dans une maison, on lui

propose tout de suite de prendre un bain. Parce qu'on sous-entend qu'il est sale ? Peut-être après tout, tiens, je n'y avais jamais pensé. Mais surtout, cela permet de se délasser.

C'est tellement éprouvant, le Japon, tellement différent...

O Furo, c'est bien le seul endroit où on n'a pas besoin de faire des courbettes, des petits sourires crispés, le seul endroit où personne ne regarde votre si long nez, O Furo, le seul endroit où je ne me demandais pas, consternée, mais « qu'est-ce que je fais là ? »

La même eau sert à toute la famille.

En tant qu'étrangère, j'étais toujours la première à m'y plonger.

On prend une douche avant, et quand on est bien propre, savonné, rincé de la tête aux pieds, on se plonge dans l'eau brûlante avec délice, et on peut rester autant qu'on veut, personne ne vous fera les gros yeux.

Avant de sortir, on promène une petite épuisette à la surface de l'eau, pour ramasser les quelques cheveux qui flottent. Ensuite, on repose le grand couvercle de bois sur la baignoire, qui évite à l'eau de refroidir trop vite, et on invite les enfants, ou la grand-mère à entrer dans le bain à son tour.

Au Japon, même les singes se baignent en famille. J'ai vu, dans les montagnes, au mois de février, une vingtaine de singes dorés barboter bruyamment dans des sources chaudes, sous les flocons de neige.

C'est drôle, j'écris ces lignes, je pense au Japon, et à l'eau, et à mon amertume vis-à-vis de ce pays si différent, où je me suis sentie si seule, si étrangère, mon amertume s'évapore...

Le Japon est pour moi un pays d'eau.

L'eau d'un petit lac, à Nagoya, dont je faisais le tour chaque matin avec le vieux professeur chez qui je séjournais, sous les cerisiers en fleurs, dont les pétales blancs, portés par le vent, dérivaient à la surface...

L'eau d'un canal auprès duquel je m'étais réfugiée, un matin de mai, pour trouver un peu de paix ; soudain j'ai vu un beau serpent fendre l'eau, la tête en avant, et s'arrêter pour me regarder, avant de repartir en fouettant l'onde de la queue... l'impression d'avoir croisé une personne, amicale, bienveillante... les dieux familiers du Japon étaient entrés en moi ce jour-là.

L'eau grise du rivage, à l'aube, dans la petite île de Shimonoseki, le jour où j'ai croisé une équipe de pêcheuses, sortant à peine de leur bateau, après une nuit de travail, pantalons retroussés, les mollets encore dans l'eau salée, et qui m'ont fait goûter, sourire aux lèvres, une poignée de minuscules poissons vivants qu'elles venaient juste de sortir du filet... Rien au monde n'était meilleur à cet instant, et sur ma langue ces alevins frétillants et ces sourires éclatants se confondent.

Et la grosse carpe dorée attrapée pour moi par le père d'Hiromi, mon amie japonaise, à qui j'ai appris à entrer dans les parcs d'attraction sans payer, en se glissant sous les grilles, à la française..., la carpe palpitante à peine sortie de l'eau, mangée en sashimi à midi, sa chair blanche comme les pétales de cerisier..., je l'avais oubliée, celle-là, et Hiromi aussi, mon amie; pourtant j'ai sa photo quelque part dans mon bureau...

Et le koïnobori alors! comment ai-je pu l'oublier celui-là...

L'immense poisson rouge chevauché par un garçon joufflu, le jour de la fête des enfants, le 6 mai, d'immenses étendards en tissus coloré plantés dans les jardins, devant chaque maison, flottant au vent; je marchais seule sur les chemins, et partout on en voyait; c'était gai, ces grands drapeaux, claquant sous le vif soleil de mai...

Finalement, le Japon de l'eau, je l'aime; je me suis trompée en gardant de ce pays un souvenir amer.

Parfois, en France, quand je prends un bain brûlant, je pousse la porte, je ferme les yeux, je murmure O Furo... et me voilà au Japon, mieux que si je prenais l'avion.

Je pense... quelle chance on a, nous, d'ouvrir un robinet, et d'avoir de l'eau chaude autant qu'on veut! Et je me dis, en glissant la tête sous l'eau: pourvu que ça dure, O Furo...

Pourvu que ça dure, dieu-serpent... et, s'il te plaît, tant que tu y es, toi qui es tout-puissant, amène de l'eau à celles et ceux qui en manquent, et surtout n'oublie pas les poissons qui sont dedans, dieu-serpent...

L'attente

de Valentine Goby

Je gratte la terre avec mes ongles. La terre sèche, râpeuse, cuite par le soleil. Elle dessine sous mes ongles des auréoles brunes. Je souffle, la terre s'envole, légère, légère. Assise en tailleur devant la porte, j'entasse des petits cailloux, des morceaux de verre. La terre est rêche comme la peau de mes mains, comme les champs autour de la maison, comme ma bouche. Mes cheveux cassent, mes lèvres gercent. Le sol se fend par endroits, il a soif. Ma mère attend. Elle regarde droit devant, appuyée à la fenêtre. Mon père attend. Il s'ennuie, il a faim. Ses graines meurent avant d'avoir germé. Il tourne autour de nous comme une bête en colère, frappe les troncs d'arbres pour ne pas insulter les dieux. Ma sœur somnole à l'ombre. Il fait chaud, et le ciel est affreusement bleu.

Cela dure depuis des semaines. Nous attendons. Les voisins attendent. Le village, et toute la province de Than Hoa. Des milliers d'hommes immobiles, furieux et impuissants, des milliers de femmes. Ils guettent un point blanc sur l'horizon, un souffle d'air familier, tourbillonnant et tiède, annonciateur des premières pluies.

Plus d'eau pour cuire le riz. Plus d'eau pour les poules et le cochon. Çà et là, le résidu boueux de vieilles flaques. L'eau stagnante de petites mares, qui tue par la maladie ceux qui n'ont pas voulu mourir de soif. Le seul à qui l'eau ne manque pas, c'est le bébé que porte ma mère. Il nage. Il attend de sortir, mais il ne devrait pas. Mon père dit qu'il est mieux là où il est. Parfois, j'ai peur que l'eau de ma mère s'évapore, comme l'eau des mares et des flaques. Comme l'eau des larmes, qui ne veulent plus couler.

Le trentième jour d'attente, je me lève la première. Comme chaque matin de sécheresse, mes paupières sont collées. Je brise la croûte avec mes ongles, je frotte mes yeux. Ils s'ouvrent douloureusement. Alors je l'aperçois. A travers la palissade de bambou, à travers les rayons de soleil. Je me précipite au-dehors. Pas de doute. Le voilà. Je voudrais les réveiller tous, crier, danser, mais ce n'est pas ce que je fais. Je m'assieds, les jambes en tailleur. Je le regarde approcher, grossir, prendre du relief. Il n'est qu'à moi pour le moment. Cela me fait plaisir. Nuage, viens plus près. Je suis seule à te voir. Regarde-moi, nuage, je t'attends. Tout le monde t'attend, mais c'est moi qui t'accueille. Je tends les mains. Le nuage a la grosseur d'une balle de riz. Je pourrais te manger, nuage. Je reste assise une heure encore, seule devant l'horizon, seule à savoir. Mon père, ma mère et ma sœur se sont réveillés. Je les entends, derrière le mince rideau de bambou. Ils se déplient, ils bâillent. Ils s'affairent déjà. Ils n'ont même pas pensé à regarder le ciel, aujourd'hui. Ils commencent à s'habituer au malheur.

C'est le moment que je choisis pour partager mon secret. Je vais chercher ma mère. Elle brosse ses cheveux, à genoux sur son matelas. Je lui prends la main. « J'ai un cadeau pour toi. Ferme les yeux. » Elle fronce les sourcils, veut répondre quelque chose, mais je pose un doigt sur sa bouche. Elle se laisse faire. Je l'emmène dehors. « Voilà », je dis. Elle n'en croit pas ses yeux.

– Thang..., murmure-t-elle.

C'est le prénom de mon père, mais il ne peut pas l'entendre.

– Thang !

Les cris fusent, devant chaque maison, derrière chaque buisson, c'est la fin du silence. Les gens courent, ils se préparent à la pluie, rassemblent leurs outils, affûtent, sanglent, graissent. C'est la fin de l'immobilité. Ma mère caresse son gros ventre, elle rit :

– *Em ten la Nuoc !*

Elle dit que son bébé s'appelle Eau. Elle rit, elle ne se souvient pas du pire. Chaque année elle oublie, et cette année plus encore à cause de l'horrible sécheresse. Elle oublie les terres inondées, la maison à reconstruire, les enfants malades et tremblant de fièvre, les noyés bouffis que charrient des torrents de boue. Ma mère a soif, elle ne se rappelle que cela. Moi, j'ai peur.

Le vent se lève. Maintenant les nuages s'amoncellent, plus foncés. J'entends les hommes creuser, accumuler des pierres autour des maisons, poser des bâches en plastique sur les toits. Les femmes surélèvent les réserves de nourriture, les matelas, les vêtements. Heure après heure, le ciel devient gris. Personne ne fait attention à moi. J'erre sans surveillance sur les chemins autour de la maison, je cache ma peur.

Une main se glisse dans la mienne. Khan ! Il me demande si j'ai peur. Je ne réponds pas. Il sait que j'ai peur et qu'il pourrait m'embrasser, je ne me défendrais pas. J'ai juré. « Ce sera le premier jour de pluie. » Maintenant je dois tenir ma promesse. Nous marchons, main dans la main, sans parler. Personne ne nous voit. Le ciel est bas, les feuilles se soulèvent. Il fait frais. La pluie va tomber d'un instant à l'autre. Peu à peu tout se fige. Le silence, à nouveau. Le village attend les premières gouttes. Rien d'autre ne compte. Nous marchons vers la forêt. Une première goutte s'écrase sur mon épaule. Une deuxième, grosse et tiède. Khan serre mes doigts. Il attend la pluie plus que tout le monde. Et moi aussi je l'attends, et la redoute.

Plus un bruit. Juste les cris d'oiseaux qui n'en peuvent plus d'attendre, eux aussi. Le ciel est noir. Je frissonne, et ce n'est pas seulement parce qu'il fait frais, soudain. Les gouttes se rapprochent, serrées, grasses. Elles coulent sous ma chemise. Mon cœur bat à tout rompre. Le tissu colle à mon ventre comme une deuxième peau, transparente et froide. Je marche. Les ongles de Khan entrent dans mes paumes. Un bruit de cascade. Le ciel se déchire. Je n'ai pas le temps de penser, Khan colle sa bouche sur la mienne et la pluie glisse sur nous, glisse sur ce baiser chaud, mouillé dedans, mouillé dehors, sur ma soif et ma terreur. Sous le déluge de la mousson, c'est mon premier baiser.

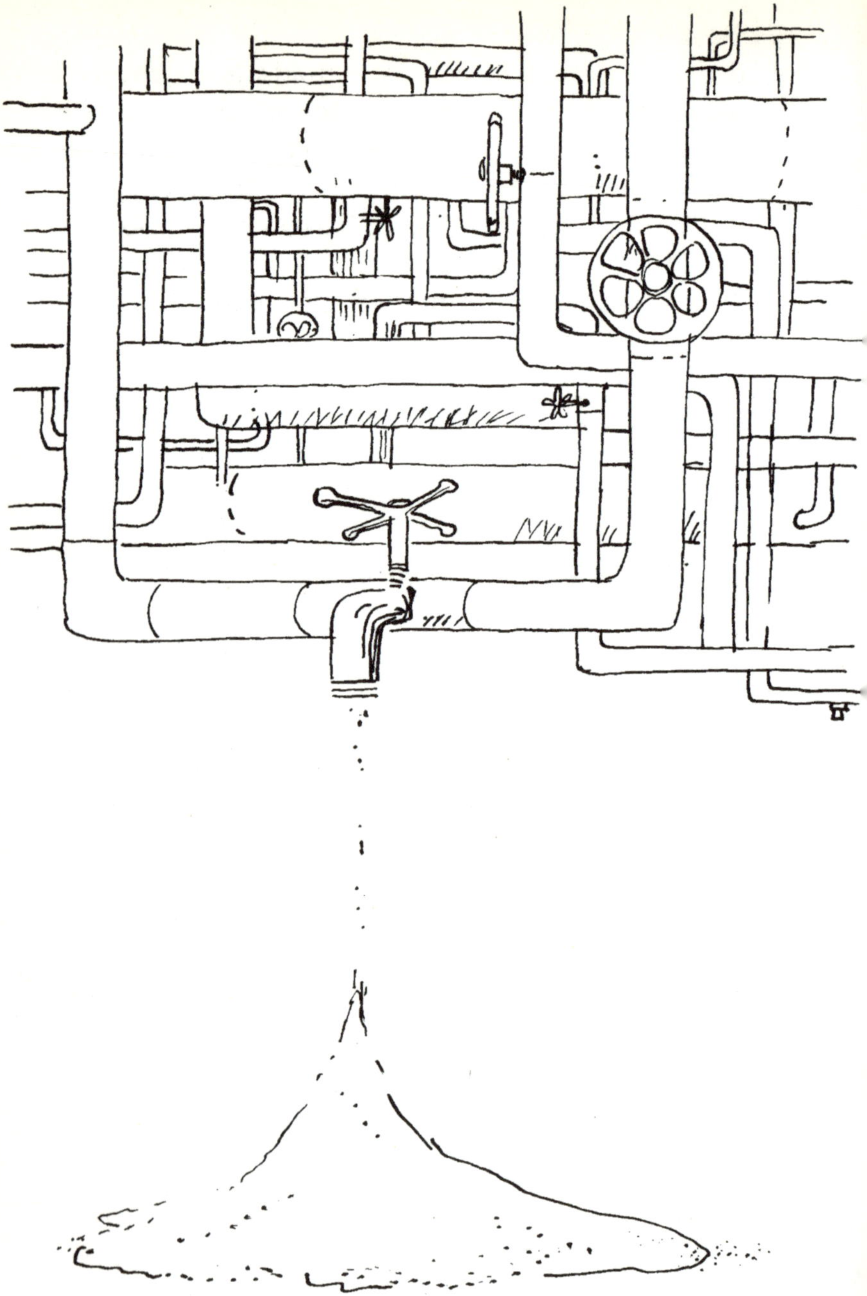

illustration de Rabaté

La source

de Patrick Goujon

En ville, il y avait tout le bazar qu'une ville peut faire. La téloche des voisins, les crises de larmes de leurs bébés, je me souviens qu'un type s'était mis en tête d'apprendre l'harmonica. Quand il jouait, on entendait frapper sur les tuyaux. Mon père tapait à la clef à molette contre le chauffage, et le type arrêtait l'harmonica. Pour le reste, on s'était habitués à ce que cogner sur la plomberie fait pas taire les aboiements des chiens dehors, le moteur des avions, des bagnoles, ni les voix qui résonnent dans les blocs, enfin bref. Mes parents s'engueulaient pour un rien et, en fin de compte, c'était comme une contribution à l'édifice, une pierre supplémentaire dans le paysage sonore.

Après le déménagement, j'ai senti que la pierre supplémentaire avait perdu sa place. Les disputes de mes parents salissaient l'atmosphère silencieuse de la maison. Je sortais sur le perron et on les entendait brailler encore. J'avançais au bout du jardin, après la carcasse rouillée de la balançoire, à la corde rongée, et on les entendait encore.

Peu de voitures passaient sur la route. Très tôt le matin, le bus du ramassage scolaire, et en fin d'après-midi, quelques travailleurs regagnant leurs foyers, en ville, la ville à des kilomètres, où peut-être des gens cognaient contre les tuyaux pour réclamer le silence. Je m'asseyais à la bordure du goudron et je regardais loin devant moi. Je réunissais des petits tas de cailloux en attendant qu'une voix m'appelle pour le repas.

Qu'étions-nous venus faire ici, dans un patelin isolé de tout ? Je m'endormais en observant les ombres des branches par le Velux. Des branches maigres et démantibulées, les autres gamins à l'école m'appelaient *Ficelle*. J'étais maigre à cette époque, peut-être plus maigre que les branches. J'aurais d'ailleurs préféré le surnom de *Brindille*.

Dans mon souvenir, il y a les terres arides, si asséchées que le sol, craquelé, ressemble à une gigantesque mosaïque terreuse. Pas trace de végétation, de pousses brûlées, même pas, rien, ni même, étrangement, de soleil, de chaleur, rien qu'un air doux et enveloppant. Ni chaud ni froid. En principe, je marche sans m'arrêter, à allure constante, en longeant les fissures sur le sol. J'en choisis une et je la longe. Fil rouge. Je finis par me réveiller et, la première chose que je vois, ce sont encore les branches à travers le Velux, mais serties des couleurs de l'aube.

Une nuit, mon souvenir change. Mon rêve change, il me mène au bord de l'eau. A la place du silence, j'entends les voix de mes parents, dédoublées, entremêlées. Des engueulades en provenance de nulle part, assourdissantes, comme jouées par des haut-parleurs invisibles, perchés dans la stratosphère. Mes jambes se mettent à cavaler, dans l'espoir que la distance parcourue m'éloigne des échanges de reproches et d'insultes. Je ne tiens plus compte du dessin des fissures, ma course me mène plus loin que jamais. J'aperçois une bande bleue, qui grossit, s'élargit à mesure que j'avance. De l'eau. Je ne sais pas nager. Une petite fille de mon âge – je suis convaincu qu'elle a mon âge – est immergée dans l'eau jusqu'aux épaules. Sa peau cristalline miroite des reflets bleutés. Elle tend la main vers moi pour m'inviter à la rejoindre. Je ne sais pas nager. (Nouvelle certitude : si je la rejoins dans l'eau et que je marche avec elle, sous l'eau, je n'entendrais plus les voix de mes parents.) Mon regard dans celui de la petite fille. Nous sommes semblables, notre corps essentiellement composé d'eau, et nos organes les plus riches, le cœur et le cerveau ; elle tend sa main, me fait signe, impatiente. Mes deux dernières pensées sont *Je ne sais pas nager* et *Comme deux gouttes d'eau*. Je me réveille en nage. En me voyant sortir de la chambre, trempé dans mon pyjama, mon père me dit *Tu devrais baisser le chauffage*.

A dater de ce rêve, ma vie rencontre un problème de concordance des temps.

Après mes devoirs, je quittais la maison. J'avais pris l'habitude d'errer dans le petit bois des environs. J'y ai découvert un point d'eau (que j'ai instinctivement appelé *crique*, ça me plaisait, ça sonnait bien, mais le point d'eau n'avait absolument rien d'une crique, je crois que je n'avais aucune idée de la définition du mot *crique*). C'était une sorte de bassin, mais sans point commun avec les lacs artificiels qu'on cultive en banlieue. On voyait des poissons insouciants s'approcher du bord, faire du surplace et repartir fissa dans l'obscurité, en piqué vers le fond. Je posais mes fesses sur la terre, le plus près possible du bassin, pour brasser l'eau fraîche avec mes mains. De temps en temps, des alevins venaient se nicher dans le creux de ma paume. Je m'aspergeais le visage et, à l'approche de l'été, quand les jours ont commencé à rallonger, le soleil faisait ce truc hallucinant: il se frayait un passage à travers les branches des arbres, à travers les masses de feuilles, comme s'il s'octroyait le droit de plonger, réfractaire au barrage indigène de la nature. Ses reflets diffractés par la surface de l'eau explosaient dans les bosquets, décochaient mille taches colorées comme celles que l'on peut attraper dans les voiles, lorsqu'on est subitement pris de vertige.

Le point d'eau est devenu ma limite. A l'orée du bois, on entendait encore les reproches et les insultes. Ici réfugié, c'est comme si tout le monde s'entendait, c'est-à-dire qu'on n'entendait plus personne. Je me sentais chez moi, en paix.

Quand j'ai quitté le patelin, la petite fille à la peau cristalline n'était plus qu'un souvenir d'enfance.

Je n'ai pas baissé le chauffage. Je suis revenu à la ville, la grande, où les cris, le chahut mécanique, les harmonicas et les plomberies qu'on cogne s'inscrivent sur la même partition. Je m'imaginais à la fenêtre d'une tour, au trente-sixième étage, pêchant des klaxons, des mitrailles de marteaux-piqueurs, des cris de vendeurs ambulants, des alarmes de voitures, je ferrais les bruits, orchestrant ma propre symphonie, celle qui ne m'aurait jamais quitté.

Le patelin ? Un intermède, une fausse note.

La ville. Blanche, noire, joue tous les temps. Je voulais la sentir battre dans mes veines, reprendre mon pouls. Je l'espérais comme, je ne sais pas, naïvement, le chant du cygne peut-être. On tapait trois coups de clef à molette et enfin le rideau s'ouvrait pour laisser place au spectacle.

Cacophonie. Je n'ai fait que nier. Nier les insomnies, mon trouble dans les endroits bondés de monde, qu'il était de bon goût de fréquenter, sourire en coin pour faire bonne figure, papillon triste, mon oreille interne qui bourdonne au souvenir du plat de l'eau, des déploiements de cercles concentriques dès qu'un moustique, un cousin, posait ses pattes à la surface. Boîtes à musique enfumées, soirées bordéliques à flot l'alcool, magasins crincrin, soldes en fanfare, animateurs claironnant des promos, escalators grinçants, cahots du métro, surpeuple.

En ville, je traquais les parcs, je me cachais dans des cinémas.

Mes après-midi dans le bois avaient bâillonné mon urbanité.

Un inconnu, dans un bar, couvrant le brouhaha, m'a demandé, pour quoi faire, il m'a demandé *Et sinon, tu fais quoi dans la vie ?* J'ai dit, sans réfléchir *Je cherche des alevins à caresser.*

J'ai mis des années à renoncer à ma capitale. A revenir au patelin. Le promoteur du coin m'a revendu la maison de mes parents pour une bouchée de pain. J'ai à peine inspecté l'état de la baraque laissée à l'abandon et il a lâché un petit rire nerveux au moment où j'ai signé le contrat de vente, sans négocier.

La nuit, j'ai retrouvé le chant des criquets. Un paquet de lucioles jalonnait le chemin qui mène au point d'eau.

Sur le matelas nu, dans la baraque vidée des voix de mes parents, c'était presque dormir à la belle étoile.

Elle tend sa main, me fait signe, impatiente. Son visage a changé, il est le reflet de quelqu'un que j'aime, et que je n'avais pas tout à fait rencontré, et qui chasserait toutes les hostilités, toutes les menaces.

Je ne sais pas nager je lui dis, l'eau du bassin à mi-cuisses.

Bien sûr que si. Ne vois-tu pas que tu n'as fait que ça jusqu'ici ? Brasser, écarter la fureur avec les bras, reprendre ta respiration, oublier, tendre ton corps comme un javelot en espérant que le javelot se plante un jour ou l'autre sur un rivage ?

J'ai fui ?

Fuir ?

Elle sourit, et son sourire liquide aussitôt toutes mes angoisses.

Sa peau devient rose, et tendre, humaine. Quand je lui saisis la main.

musique d'Alain Lanty

Il pleut

de Brice Homs

Encore une larme tombée sur la pierre
Une goutte d'eau arrivée sans rivière
Un morceau de ciel au milieu du désert
Aujourd'hui demain et demain comme hier

Il pleut
Il pleut

Encore une larme remplie de lumière
Une goutte d'eau sur la ville de verre
Où les hommes vivent pierre contre pierre
Aujourd'hui demain et demain comme hier

Il pleut
Il pleut

Encore une larme dans tes yeux mon frère
C'est pas la première et c'est pas la dernière
Chaque goutte d'eau contient la terre entière
Aujourd'hui demain et demain comme hier

Il pleut
Il pleut

Il pleut sur les rivières
Il pleut sur les rizières
Il pleut sur nos misères...

Il pleut.

Sa pluie

de Yves Hughes

Il aimait les pluies mal élevées, sauvageonnes en guenilles qui vous crachent au visage en riant. P'tites mômes en furie, disait-il. Celle au matin de janvier qui se noie dans la neige oubliée du chemin. Les silencieuses, les dociles et les timides. Les voraces aussi qui ne vous laissent pas un poil de sec au sortir de l'auvent.

Il aimait la force des pluies rebelles, celles des épaules ou du front ça dépend, des casquettes à rayures ou de la toile imprimée des parapluies. Celles des cheveux collés, du bord du nez égarées sur les lèvres.

Il était retourné vivre là-bas.

Faut aimer la vie pour aimer la pluie.

Cours Hélène et reviens vite te sécher !

Dans la maison quand nous allions le voir.

Étends ton pull sur le radiateur et viens boire un cognac près de moi !

Là-bas la vie avait le nom de la pluie. Elle en avait le goût. Je crois que c'est ça que nous préférions en elle : le retrouver lui.

Dès le matin au-delà du volet. On savait déjà. Jour de pluie. Elle était là. Attentive et patiente. Dans les branches du tilleul, en vrac ou en pointillé. On la devinait au galbe des troncs, au vert des feuillages, sur les fraises des bois, dans la terre endormie, sur les poules faisanes et les tuiles du toit.

On se levait. On ne se pressait pas. On écoutait d'abord. On cherchait comment s'habiller, les armoires et les vieux tiroirs, un blouson, une paire de chaussettes, des bottes en caoutchouc. On quêtait un chapeau.

On descendait l'escalier marche après marche au rythme des gouttes sur l'herbe. On le trouvait dans la cuisine devant les bols alignés sur la nappe à fleurs, la fenêtre ouverte sur le serpolet où se mêlait l'arôme du café. Des fumets de fougères et de champignons, d'écorce ou de nougat selon la saison. On avait le réflexe de baisser la voix. Souvent même la conversation s'arrêtait au milieu d'une phrase pour retrouver l'écoulement familier du chéneau.

Une nouvelle gouttière.

Les années ne se ressemblaient pas. Il y avait toujours une gouttière qu'on n'attendait pas. On l'accueillait en riant. Notre passagère clandestine.

Ensuite les voix reprenaient, quelqu'un fermait la fenêtre et la journée tout entière se passait en mémoire de cet écoulement, petit geste de pluie au matin bienvenu.

On réparera demain.

Comme s'il était convenu qu'une journée de sursis serait accordée à la gouttière impromptue. Faut aimer la vie, terriblement, pour aimer la pluie.

Vous vous souvenez ? Le soir où elle était si violente contre la porte que Julien s'était levé pour aller ouvrir ?

Les souvenirs étaient drôles. On se moquait de Fanny affolée, de Sophie décoiffée, de Laurent désolé pour les sièges de sa voiture, de Louison dégoulinant sous l'imper mal boutonné. Frank avait couru pour fermer le portail, encouragé par les autres restés au sec, et il avait glissé dans l'ornière, s'étalant dans une flaque. Les pluies d'alors n'étaient jamais tristes.

Phil avait acheté un pépin blanc sur lequel nous avions tous signé. On avait oublié le pépin qui est resté là-bas. Nos noms sur le tissu s'effaceraient au fil du temps, à force d'orages, nous le savions et ce n'était pas grave.

On devrait donner des prénoms de femme aux pluies.

Elles semblaient n'être qu'à lui. Il prétendait les aimer toutes. Et pendant une nuit de printemps il nous a appris les pluies chipies qui se mouchent avec les doigts. Il en parlait comme de très vieilles et très bonnes amies disparues.

Romain cet été-là avait acheté des bottes au village en catastrophe. Une simple phrase nous faisait voyager, chercher parmi les pluies anciennes, à travers le fouillis mouillé du temps. Nous savions que certaines avaient mis du bruit dans ses silences. On mesurait nos âges en nombre d'orages.

C'était une mèche de cheveux, un cil humide ou le regard d'une femme au clair d'une averse. Une de celles qu'on voyait passer dans la maison, y mettre son ordre et son sourire. Une semaine, un mois, un an. Et qui finissait par disparaître. Un éclat de rire, une envolée de jupe qu'aucun de nous ne parvenait à oublier tout à fait. Je crois que chacune d'elles était son repère. Ou son repaire. Chacune avec sa trace à elle pour sa vieillesse à lui.

Le jour où Florence est partie.

Il a dit ça un jour.

Le jour où Florence est partie, il pleuvait comme aujourd'hui.

Beaucoup plus tard il m'a confié cela. Et j'ai compris que cette pluie-là ne le laisserait pas, malgré le parapluie blanc sur lequel nos noms s'effaçaient, malgré les casquettes à rayures et tous les chapeaux du monde.

Cette pluie de Florence.

Quand elle est partie dans cette pluie, a-t-il dit.

Comme si la pluie l'avait reprise.

J'ai compris que chaque homme a sa pluie qu'il apprend à aimer. Puisqu'il ne peut pas l'oublier. J'ai compris qu'il ne baisserait pas la tête parce qu'il avait choisi de marcher quand même, tout seul et toujours. Parce que Florence était partie. Avec cette pluie-là. Et qu'il ne s'abriterait jamais d'elle.

Le Pacte de la Neige

de Anouk Journo-Durey

« Pourtant tous les rêves ne se font pas
les yeux fermés. »
Aragon

« … le choc des premières gouttes,
les toits et les trottoirs buvant,
puis l'odeur, si grisante de délivrance… »
C. K. Williams

Les flocons glissaient sur le pare-brise, balayés par les essuie-glaces. Liquéfiés, certains ruisselaient sur le verre tandis que d'autres ondoyaient au ralenti vers les rives de la vitre. Du regard, Lou suivit l'un de ces cristaux : une miniature de pyramide translucide qui dériva, se coula dans une bulle d'eau et fondit en douceur.

Ce matin-là, il ne neigeait plus. Les nuages avaient tissé leur ouvrage durant la nuit, une épaisse couche de gouache blanche tapissait la terre…

Ce matin-là, on s'éveillait dans une autre sphère. Bruits et mouvements s'y diluaient, tamisés, poudrés… Et de cette touffeur jaillissait une irréelle sensation de chaleur, comme si le monde se calfeutrait sous un gigantesque tatami neigeux.

Les yeux rivés sur l'asphalte cristallisé, la mère de Lou conduisait prudemment. En raison des conditions climatiques, pas de transport scolaire... Malgré tout, Lou tenait à se rendre au collège – les cours, eux, étaient maintenus. Sept ou huit kilomètres en pleine campagne, sur une départementale transformée en serpent de glace... Il fallait que la mère de Lou respectât la passion d'apprendre qui dévorait sa fille !

Dans la voiture, le chauffage soufflait trop fort, et les effluves de chaleur sèche oppressaient Lou.

– Maman, je peux ouvrir un peu ?

– Oh, non... Je te signale que dehors, il gèle !

Le silence s'établit de nouveau. Lou s'empara alors de son baladeur, ajusta le casque sur ses oreilles, et la musique l'emplit de miel. Quelle merveille, ce duo entre un joueur d'oud et un guitariste de rock... Ce disque, Lou l'écoutait depuis plusieurs jours sans se lasser. Sons et mélodies s'entremêlaient, précieux de nuances qui, affluant, refluant, l'emportaient dans leur Orient. Songeuse, la jeune fille renversa la tête en arrière, et ferma les paupières.

Elle rêvait de sable...

Du sable partout, au bout des cils, sur les iris, la langue...

Des grains grésillent, poncent sa chair, et la soif l'inonde de flammes. Visions d'eaux rousses, râpeuses...

Tout à coup, Lou est arrachée à son sommeil. Clignant des yeux, elle voit son frère Mehdi penché au-dessus d'elle. Ses prunelles sont étrangement limpides.

– Viens ! chuchote-t-il.

– Il... il est quelle heure ?

Lou se sent engourdie, embrumée, encore plus fatiguée qu'avant sa sieste. A cause de son cauchemar, sans doute. Elle en éprouve encore la morsure.

– Viens ! insiste Mehdi.

Comme dans un état second, Lou essuie la sueur qui perle sur son front. Puis elle repousse la couette, se lève, et emboîte le pas à son frère. Mehdi gagne le salon et lui désigne l'écran de la télévision allumée.

– Regarde...

Docile, Lou porte son attention sur les images : un reportage sur la montagne. La caméra balaye un sommet rocailleux, jaunâtre, constellé de flaques boueuses. Une voix off égrène :

« ... cette anomalie affole tous les climatologues, qui n'auraient jamais pu imaginer pareille situation. Plus de neige dans les Alpes, plus de neige dans les Pyrénées, plus de neige dans bon nombre des massifs montagneux de la zone européenne... Le réchauffement de la planète, provoqué par la forte concentration des gaz à effet de serre, engendre un effet si brutal que l'on s'attend au pire... »

Lou se précipite à la fenêtre, jette un coup d'œil dehors. Mois après mois, la vallée garde cette vilaine couleur du lait caillé. Sous le ciel plombé, flancs rocheux et escarpements ressemblent à des ossements géants.

Lou le sait : depuis des années, la nature se dessèche. Cependant, c'est la première fois qu'il n'y a pas de neige du tout.

La voix off poursuit :

« La fonte des glaciers – ces fameuses neiges éternelles – risque d'entraîner une montée du niveau des mers qui... »

Soudain glacée, Lou éteint le téléviseur. Si seulement elle pouvait être en train de rêver. Son cauchemar de tout à l'heure semble bien serein comparé à cette réalité-là.

– Tu as bien fait de me réveiller, Mehdi.

– On doit tous se réveiller, Lou. Sortons la tête du sable...

– Oui... Au nom du ciel, afin qu'il pleuve, qu'il neige...

– Que la terre ne meure pas de soif un jour...

– Que les tsunamis demeurent des esquisses japonaises...

– Que les déserts, dans leurs contrées, restent à leur aise...

Pourquoi ce ton si solennel, et ces mots d'ailleurs ? Sont-ils en train de jouer une pièce de théâtre ? Une sorte de tragédie si dramatique qu'elle en deviendrait presque... risible ?

Mais voilà que Lou ressent des fourmillements lui picoter les membres, comme pour l'inciter à bondir, à courir... A comprendre que ce qui se produit est bel et bien tangible. Alors, mus par le même souffle, Lou et Mehdi écrivent des phrases qui coulent et coulent sur la feuille blanche :

La
Neige
N'est plus,
Asséchée, évanouie,
A nous d'agir, vite,
Pour ne pas, plus accepter
Cet air pollué, vicié, qui étouffe...
Et salit et abîme et nous condamne...
L'heure a sonné, eh oui, c'est la vérité,
Un : on ne veut pas seulement rêver la neige.
Deux : on veut retrouver des sommets blancs,
Et des glaciers d'eau claire comme la roche,
Et l'eau vive écumant les torrents...
Trois : on veut pouvoir boire
A même la source
Notre source pure
De la
Vie.

Peu de temps après, Alexis, Benjamin, Charlie, Marine, Lisa, Mattéo, Vincent, Margot, Sandra, Léonie, Mattis, Justine, Paul, Benoît, Valentine, Sébastien, Jeanne, Madeleine, Thomas signent le Pacte de la Neige.

Et la chaîne de solidarité se tresse à la vitesse de la lumière. Avalanche de messages, courriels et textos. Des fleuves de tracts et de pamphlets s'épanchent. La neige ne connaissant nulle frontière, le Pacte se répand dans toute l'Europe... Les petits ruisseaux font les grandes rivières.

Les volontaires interviennent à l'heure des étoiles. Franchissant murs et portails quand chacun dort, ils quittent la maison en toute discrétion. Ensuite, les gestes sont rapides, sans vide : deux pneus dégonflés sur un certain nombre de voitures garées. Le but ? Obliger les automobilistes à emprunter les transports en commun le lendemain. Si dans chaque ville, chaque village, chaque hameau, cette même action entraîne la même réaction, la pollution diminuera... Et si la pollution diminue, la neige reviendra. Quant au tract au libellé en forme de boule de neige, il est plaqué sous les essuie-glaces. S'il est lu, il peut être compris, et s'il peut être compris, il...

– Oh, ma Lou...

– ... ma Lou ! Réveille-toi !

Lou sentit le sang pulser sous ses tempes.

– Quoi ? Où est-on ?

La jeune fille se redressa, paupières plissées, en proie à une étouffante sensation de coton. Lorsqu'elle ôta le casque de son baladeur, un flot de notes orientales s'échappa des écouteurs. Soudain glacée, Lou éteignit l'appareil.

– Pas sur la lune ! Simplement au collège, indiqua sa mère d'une voix amusée. Ça va ? Tu as bien dormi ?

Lou demeura silencieuse quelques secondes, buvant le paysage des yeux. La neige. Toute cette neige, si intense. Aussi palpable que son absence durant son rêve.

– Qu'est-ce que j'ai soif !

– Tu as le temps de passer à la cafétéria avant d'aller en cours ?

Lou embrassa sa mère.

– Oui… Merci de m'avoir accompagnée, maman. Je t'appelle tout à l'heure.

– Bonne journée, ma Lou. Mehdi viendra te chercher.

Lou resserra les pans de son manteau, noua son écharpe, et descendit de voiture. L'air givré se fluidifia sur sa peau. Les sens en alerte, Lou s'avança vers les grilles de l'établissement. Une clarté aveuglante baignait ce lieu habituellement fade. Sous la neige, les bâtiments gris paraissaient pleins de vie. Lou inspira plusieurs fois l'atmosphère gorgée d'eau et d'oxygène. Peu à peu, une joie profonde l'envahissait, comme une pulsion, un élan qui semblait vouloir l'animer à jamais. S'approchant d'un arbrisseau, la jeune fille forma une boule de poudreuse dans sa paume, et en croqua la pulpe neigeuse. L'eau jaillit en elle, froide et brûlante tout à la fois, étanchant instantanément sa soif. Lou sourit. A présent, il ne lui restait plus qu'à agir. D'abord, se nourrir de rêves éveillés, encore et encore. Ensuite, déployer les mots, et écrire… Le Pacte de la neige, par exemple.

illustration de Rabaté

Bidule, un soir d'Himalaya

de Anne Kerloc'h

– Je te l'ai déjà dit : il n'en est pas question.

Ce devait être à peu près la quinzième fois que j'arrivais à se faire faufiler le sujet moustaches et coussinets dans l'entrebâillement de la conversation.

Et pour la quinzième fois, la négociation était emmurée. Pas de matou aux yeux de marlou chez nous.

Pour ma mère, je crois qu'il serait plus facile d'accueillir la grippe espagnole dans la maison qu'un chat. Fauteuils en cuir lacérés d'une griffe assassine, agonisant rembourrage à l'air. Vases exécutés d'un coup de patte.

Dans son échelle de cotation des vandales, comparé aux chats, Attila est un aimable fumiste.

« Sérieusement, tu imagines la note de pressing chaque semaine ? Et l'état des compotiers, avec des poils qui traînent entre les grains de raisin… ».

Il faut savoir que ma mère est tellement révulsée par le bordel qu'elle va jusqu'à ranger ses livres par ordre de couleur, dans le sens exact du spectre solaire. Au final, c'est joli, on s'y retrouve assez mal, mais cela lui vaut un certain succès.

Inutile d'espérer aller chercher un appui du côté de mon père. Il a pour les chats et chiens une indifférence nuancée d'un peu de mépris : dans animal domestique, il y a domestique, idée peu glorieuse de servilité.

Moi, je n'ai rien d'un félinophile.

Je trouve les chats très beaux. Un peu cons, aussi. Et je m'en passe très bien.

Mais Ludo en voulait un. Alors j'en voulais un pour Ludo. Pour ses fins d'après-midi, ses sommeils, ses bras.

Ludo est mon petit frère, mais vraiment petit. Il a de splendides yeux bleu marine dont on se demande dans quel grenier d'ADN familial il les a dénichés. Ludo ne parlait pas encore quand j'ai commencé de muer. Il a écrit ses premiers mots quand je passais le bac.

Je l'adore. Et je ne lui sers pas à grand-chose.

Oh, je ne suis pas un grand frère indigne, ni même un peu indifférent. Je l'emmène voir les dinosaures à la Galerie de l'Évolution, je vais parfois le chercher à l'école avec détour obligatoire par le stand de crêpes. Et si un de ses devoirs de mathématiques coince quelque part, je suis capable de le lui démonter et de le remonter en un rien de temps.

Mais est-ce vraiment ce que l'on attend d'un frère ? Entre nous, c'est du musée, du bouquin, du sérieux. Jamais de gadoue, de gnons, de bombes à eaux, de bagarre pour finir le pot de Nutella, et d'entente dans le dos des parents (si, ça oui, quand même).

Ludo est un frère de vieux.

Et c'est pas marrant tous les jours.

Il connaît toute la gamme des jeux vidéos « one player only ». Et je sens un doux reproche dans mon dos quand je file en l'entendant sortir son Cluedo.

Mais est-ce qu'on peut vraiment m'en vouloir, à vingt ans, de préférer les films de Quentin Tarantino ? Cela dit, je dois admettre que le Cluedo a quelque chose de Killbillesque : Madame Pervenche ou le colonel Moutarde se font éclater le cabochon dans le petit salon. Et, à la partie suivante, ils pètent le feu. A mon avis, la matraque et la corde, c'est de la bibine. On aurait collé une tronçonneuse dans la boîte de jeu, et il pouvait s'accrocher, le colonel Moutarde.

Tout ça pour dire que Ludo s'ennuie. Alors, même si le goût des chats pour le Cluedo n'a pas encore été prouvé scientifiquement, ce serait déjà mieux qu'un frère qui file se noyer dans ses photocopies de cours dès qu'on sort la boîte de jeux. D'autant que Ludo est fou de ces bêtes.

Auprès de nos parents, j'ai essayé l'argumentation logique (« chat, blabla, bon pour le développement de l'enfant, psychologique ET intellectuel »), l'émotion (« La dépression peut frapper même les enfants de sept ans... »). Rien n'y a fait.

Pas de chat pour Ludo.

Cela dit, ils ont effectivement reconnu qu'un peu de compagnie ne serait pas mal.

Total : un poisson rouge.

Je me demande encore comment ils comptent lui faire avaler la supercherie.

– Avec un peu de chance, Ludo ne s'apercevra

même pas qu'on lui a refilé un poisson à la place d'un chat. Après tout, l'apaisement procuré par le poisson rouge qui se blottit contre vos genoux le soir, c'est du bien-être en culotte de velours !

Ma mère m'a fait son fameux regard, marque déposée Le Regard©.

– C'est malin. Ludo va t'entendre et tu vas lui gâcher son plaisir. Tu ne peux pas nier que ça lui fera une compagnie, tout de même.

– Mais oui ! Et c'est si facétieux. On pourra lui jeter du bolduc dans son bocal, il s'empêtrera dedans et qui sait, après, il pourra débarrasser la maison de campagne des mulots.

Mon père buvait son café, le regard ailleurs (ne pas s'en mêler, surtout ne pas s'en mêler...).

– Et toi, tu trouves qu'un poisson rouge domestique, c'est mieux qu'un chat domestique ?

Il a passé sa main dans ses cheveux.

– La servitude involontaire des animaux me dérange moins lorsqu'il s'agit d'organismes neurologiquement peu développés et donc proche du végétatif.

Place au poisson rouge, donc.

Le jour où il est arrivé, Ludo a voulu un baptême officiel et collectif. Nous avons donc passé la soirée à trouver des noms. Après des heures de Chouchou, Loulou, Kiki ou plutôt de Spinoza (papa), Rouge-gorge (maman), Killer Bonnot (moi, sous le Regard© de ma mère), Mishima (papa) Fucking Marcel (devinez qui), ont surgi Bruce la Bidouille (encore moi) et Bulle (maman). Ludo, qui prenait consciencieusement des notes sur son cahier, s'est arrêté sur les deux derniers. Et par un sens assez fantastique de la motion de consensus, il a annoncé le gagnant. Bulle-Bidouille. Bidule.

Le premier jour, il a regardé durant au moins deux heures son poisson rouge faire son petit tour de piste. Il souriait. Ses yeux bleus étaient en promenade.

Le lendemain, il a donné à Bidule sa ration de nourriture avant de le voir continuer sa corvée giratoire.

Le troisième jour, il a compris.

Bidule tournait en rond. Point.

Et lui se sentait de nouveau seul, comme un poisson dans un bocal qui n'a pas eu sa partie de Cluedo.

– Laurent, je crois que Bidule s'ennuie...

Fortiche, l'idée du poisson rouge. Au bout de trois jours, dans les yeux bleus de Ludo, c'était une tragédie. Quelque chose entre le massacre des bébés phoques et la déforestation amazonienne. Maman a tenté de le rassurer.

– Tu sais, mon chéri, la mémoire du poisson rouge est très courte. Il n'a pas fini de faire son tour de bocal qu'il a déjà oublié. Toutes les minutes, c'est un nouveau monde pour lui.

Mais peut-on faire confiance à quelqu'un qui vous a refilé un poisson rouge à la place d'un chat ? Ludo ne l'a pas crue. Et moi il me fallait trouver une solution pour distraire Bidule, d'urgence.

Le trip de Bidule à travers la capitale ! Mercredi, dans un sac en plastique renforcé spécial pour les baroudeurs, Bidule est parti s'éclater en ville. Balade au Luxembourg : il a eu le droit de saluer ses congénères dans le bassin. Remontée vers le Panthéon, arrêt devant la Sorbonne, et si, si, messe à Notre-Dame. Au Louvre, il est passé avec moi sous le détecteur de métaux. Je crois qu'il a bien aimé *Le Radeau de la Méduse*.

Nous sommes rentrés par les Tuileries, Ludo tenait Bidule à bout de bras et faisait le guide : « Alors, là, tu as la rue de Rivoli, et devant, c'est le stand de tir. La grande roue, moi je ne veux pas y monter, mais si tu veux, Laurent t'y amènera... »

– Tu veux une barbe à papa ? Tu n'auras qu'à la lui montrer de près...

De son nuage de sucre, Ludo a fait une petite boulette emmêlée qu'il a promenée au-dessus de la flotte, pour que Bidule respire cette douce odeur de caramel-tagada.

Je n'aurais sans doute pas dû proposer de rentrer par les bords de seine.

Car c'est au bord du fleuve crado, que, de sa petite voix tranquille, Ludo m'a assassiné.

– Laurent, quand est-ce qu'on pourra amener Bidule en voyage dans une rivière ?

– Il s'est déjà promené aujourd'hui.

– Oui mais, c'est pas pareil. Il était dans son sac. C'est comme moi quand je reste dans la voiture sur l'autoroute.

– Ben... Tu le vois ton poisson être heureux dans l'eau de la Seine ? On ne sait même plus de quelle couleur elle est. Et puis, tu pourrais le perdre.

– Peut-être... Mais l'eau du robinet, elle n'est pas sauvage et il ne doit rien sentir.

– Tu n'as pas tort, elle n'est pas très sauvage.

Et c'est là que les mots se sont emballés. Emportés par le cours de la rivière minérale.

– Mais si on rajoute juste un peu d'eau minérale dans son bocal, ce sera un voyage pour lui. Pour un poisson, un changement d'eau, c'est un changement d'air, un week-end à la campagne... Il peut voyager loin...

Je croyais entendre ma mère.

Comment peut-on raconter des conneries pareilles ?

Mais voilà, les grands frères ont un avantage certain sur les parents.

Eux, leurs conneries, on les croit.

Ludo a voulu me croire. Et plus j'en rajoutais, plus il était ravi.

Je lui ai parlé d'eaux minérales exotiques. Lui ai expliqué que l'eau garde en mémoire tous les parfums, le soleil et les couleurs des pays où elle naît mais que seuls les poissons savent déchiffrer son langage. Deux oiseaux se sont bécotés près de la rivière ? Bidule le sentira de son bocal. Les autres n'y verront que de l'inodore et du transparent.

Bref, des bords de Seine, nous nous sommes retrouvés au rayon eaux et sodas du supermarché. Ludo a filé au rayon sucreries.

– Tu me fais la surprise ? C'est toi qui choisis l'eau du voyage.

Devant les bouteilles, j'hésitais. Bidule aussi semblait partagé.

– Qu'est-ce que tu en penses ? Tu préfères les Sources d'Italie ou les campagnes galloises ?

– J'espère que vous n'allez pas faire n'importe quoi avec ce poisson.

C'est une jeune fille aux joues pâles, avec des cheveux de la même couleur que ses yeux – miel – et un sourire qui a l'air de se ficher délibérément de moi.

– Vous êtes spécialiste de la flotte ?

– De la flotte, un peu. Des poissons nettement plus. Je travaille à mi-temps dans une animalerie, pour payer mes études. Et des clients qui veulent mettre leur poisson dans de l'eau minérale, parce que c'est bon pour sa santé, j'en croise trois par jour. Pas plus tard que la semaine dernière, une cliente m'a demandé si l'eau gazeuse pouvait avoir un effet massant sur le poisson, façon Thalasso... Pauvre bête ! J'attends encore celui qui va tenter la grenadine...

Elle prend une bouteille dans le rayon. Son geste semble lui-même venir de l'eau, calme et onduleux.

– C'est ça qu'il vous faut : de la Volvic. Très douce, peu minéralisée. Du calcium, juste ce qu'il faut, avec un imperceptible fumet de magnésium. Et attention à n'en ajouter qu'un petit peu dans l'aquarium.

– Les volcans d'Auvergne, c'est pas mal, mais vous n'auriez pas plus dépaysant ?

J'avais envie qu'elle reste, elle, et son allure entre eau et miel. Alors je lui ai tout expliqué : le chat, Ludo, le Cluedo, Bidule et sa réclusion à perpète dans un bocal... Elle m'écoutait, le visage attentif. Sur ses traits, la lumière rebondissait avec originalité. Elle était belle mais surtout en mouvement. Ça tombait bien, elle n'avait pas l'air du genre à rester immobile.

– Écoutez, je ne connais pas toutes les eaux. Mais je peux faire des recherches. Il faut me laisser un peu de temps. Vous avez un numéro de téléphone ? En attendant, prenez la Volvic.

Ludo arrivait vers nous.

– Un week-end en Auvergne, c'est déjà un bon début. Je vous rappelle bientôt, promis. Au fait, mon nom, c'est Sophie.

Après son départ, je me suis maudit de ne pas lui avoir demandé aussi son numéro, à ELLE. Si jamais elle n'appelait pas ?

J'ai respiré quand on s'est revu quarante-huit heures après, devant un bar très chic. Oui, elle avait trouvé des eaux, et des belles, des voyageuses.

– J'en ai même repéré une qui vient de l'Himalaya ! Mais je vous préviens, c'est pas donné, ils vendent de la flotte à prix cocktail ici. En fait c'est un bar à eaux. On ne sert que du jus d'H_20, rien d'autre. C'est très mode, donc très cher.

J'ai suivi sa silhouette de satin dans les allées du bar, direction le coin épicerie. Autour de nous, ça trinquait ferme. Sans doute le seul troquet où l'on pouvait descendre des litres sans culpabilité ni mal de tête du lendemain.

Il y avait là de quoi faire le tour de la terre. On a embarqué de la *Hayq*, des hautes montagnes d'Arménie, de la *Fonte olhos d'Agua*, qui nous amenait le Brésil. Il y avait encore l'*Himalayan* du Népal, la *Bagatelle* de l'île de la Réunion. Et la meilleure de toutes : la *Rain Farm*, de l'eau de pluie d'Australie.

Un instant, j'ai imaginé le visage perlé de Sophie sous la pluie, des gouttelettes au coin des lèvres.

On a porté nos paquets jusqu'à sa voiture, plusieurs continents dans nos bras. Dans le coffre, j'ai aperçu un bac de verre.

– C'est un nouvel aquarium pour Ludo, récup' du

magasin. Quitte à voyager, autant le faire dans un compartiment confortable.

Quand elle m'a déposé devant chez moi, j'ai décidé d'oublier qu'on se vouvoyait.

– Tu reviens demain soir ? Ce sera le grand voyage du poisson rouge. J'aimerais que tu sois là.

Et c'est ainsi que Sophie nous a accompagnés pour le premier trekking de Bidule.

Direction le Népal. Solennellement, il a reçu sa ration d'*Himalayan Water*. Pour l'ambiance, j'ai lu à Ludo *Tintin au Tibet*. Nous lui avons raconté la neige et le toit du monde. Parce qu'en plus d'être belle et experte en eaux, Sophie était étudiante en géographie. Nous avons marché sur la montagne de plus en plus blanche, aperçu des monastères bouddhistes, frissonné auprès de quelques lamas, avec qui Bidule a tout de suite sympathisé.

Au bout de quelques heures de marche, Ludo s'est endormi, le nouvel aquarium près de lui. Il venait quand même de traverser l'Asie.

La main de Sophie dialoguait avec la mienne, lui disait des choses de plus en plus douces. Et je ne me privais pas de lui répondre.

– Je vais y aller.

– On compte sur toi pour les prochains voyages.

Je l'ai aidée à mettre son manteau.

– Au fait, j'ai déposé sur la table du salon un deuxième poisson rouge. Ils aiment la compagnie. Tu n'auras qu'à le glisser cette nuit dans l'aquarium et dire à Ludo que Bidule l'a rencontré pendant son voyage. C'est une fille.

Elle s'est approchée de moi.

– Après tout, rencontrer quelqu'un, ça se fait, non ? Surtout en voyage...

Quelques minutes après, je me promenais pas loin de ses lèvres, voire un peu plus près. Et oui, oui, je pouvais confirmer que cela se faisait de rencontrer quelqu'un. En voyage, au bout du monde. Au bout du monde, rayon eaux et sodas.

Tenue correcte

de Jean-Claude Mourlevat

Jean-Philippe Muselier se giflerait. Il a commis en trois jours plus d'âneries que dans tout le reste de sa vie. La première, et la plus grave, est d'être monté dans l'avion. Il aurait dû se rebeller et oser leur dire le fond de son cœur : mes enfants, mes chers enfants, vous offrez à votre vieux papa un beau voyage, merci ! Vous m'en faites la surprise le jour de mon anniversaire, merci ! Vous vous êtes ruinés en achetant ce billet hors de prix pour le désert du Ténéré, merci ! Mais voyez-vous, mes chers, mes très chers enfants, je ne veux pas y aller ! Je déteste les voyages, savez-vous ? Voulez-vous me faire plaisir ? Vraiment ? Alors renoncez enfin à cette idée stupide de m'obliger à découvrir le monde.

Voilà ce qu'il aurait dû leur dire, mais il a eu peur de les décevoir, et il a pris cet avion dans lequel il lui a fallu se tenir pendant six heures les genoux repliés, et où on lui a servi de la nourriture immangeable sur une tablette branlante.

La deuxième ânerie qu'a commise Jean-Philippe

Muselier, c'est d'avoir écouté ses compagnons de voyage. Si si, Jean-Philippe, on vous assure, c'est une sensation puissante. Abandonnez le groupe pendant quelques minutes. Marchez seul jusqu'à ne plus voir ni nos véhicules, ni nos deux chameaux de location, ni nos guides, ni personne. Vous verrez comme on est ramené à soi-même, et comme on prend une autre conscience du désert, dans le silence et la solitude. Essayez, Jean-Philippe, essayez donc ! Vous ne risquez pas de vous perdre, il suffit de revenir sur ses pas.

Il y est allé, avant le dîner, et il a commis sa troisième, dernière et fatale ânerie : sous-estimer le petit vent qui s'est levé, qui a forci et qui a effacé ses traces dans le sable.

Il ne s'est pas inquiété tout de suite, persuadé d'avoir bien repéré la dune derrière laquelle se trouvait le campement. Il a marché droit vers elle, en se forçant à siffloter, mais derrière elle il n'y avait pas de campement. Alors il est revenu à son point de départ et il a appelé. Sa voix affolée ne portait pas à cinq mètres. Il a tenté sa chance derrière une deuxième dune et, comme il n'y avait personne là non plus, l'angoisse lui a décoché à l'estomac un coup de poing si soudain et si violent qu'il a dû se courber en deux.

Y a-t-il eu deux nuits depuis ? Ou trois ? Ou une seule ? Il ne sait plus. Il a perdu le raisonnement le plus élémentaire. Il grelotte dans la nuit glacée, brûle sous le soleil ardent, et il lui semble que tout cela se déroule en même temps dans la confusion d'un cauchemar. Il hurle, il pleure, il marche jusqu'à l'épuisement, se laisse tomber face première dans le sable, dort une heure, repart. Il n'a plus aucune notion de l'orientation. La position des étoiles, du soleil, la direction du vent et tout le reste, il s'en fout. Il veut juste que ça finisse, et surtout il veut boire. Sa langue gonflée lui encombre la bouche. Il donnerait dix ans de sa vie pour une bouteille d'eau.

Il n'y a de piste nulle part, mais la voiture, une Renault Mégane verte, s'approche, faisant voler autour d'elle une poussière de sable orange. Jean-Philippe Muselier, qui n'a pas eu d'hallucinations jusque-là, ne doute pas de sa réalité. Chemise sur la tête, épaules brûlées, il court et se jette presque sous les roues. Sauvé ! Il est sauvé !

Le conducteur stoppe son moteur, ouvre sa portière et descend. Ses chaussures cirées lancent des étoiles noires, il porte un costume impeccable. Il est hilare sous sa chevelure rousse ébouriffée.

– Monsieur, bonjour ! lance-t-il d'une voix enjouée. La maison *Au bel Auvergnat* à votre service !

Sur l'auto-radio, Mort Schumann regrette les jours heureux et le chante très fort : *Do you remember the happy day-ay-ay-ay-ay-ay-ay-ay.* L'homme contourne son véhicule, tire du coffre arrière une grande valise de cuir verte et vient la poser devant Muselier. Il s'agenouille pour l'ouvrir. A l'intérieur du couvercle, un étendage de cravates bariolées.

– Admirez ces coloris ! Cette gaieté, cette fantaisie ! Dix euros l'unité. Vous en achetez deux et nous vous offrons la troisième !

– A boire, balbutie Muselier dont les lèvres se crevassent.

– Touchez ! Touchez donc ! Et vous constaterez que « prix modique » ne signifie pas forcément « qualité médiocre » !

– De l'eau..., gémit Muselier, qui voit gesticuler la silhouette dans le soleil éblouissant. De l'eau...

– Je vois, dit l'homme avec un sourire entendu, monsieur préfère le haut de gamme.

Il fait glisser la fermeture Éclair du double-fond. Deux rangées de cravates de soie apparaissent.

– Qu'est-ce que vous en dites ? Les grises sont d'une classe, n'est-ce pas ? Nous les faisons beaucoup. Mais je suis convaincu que vous pouvez porter moins strict. Vous avez la personnalité pour, je le vois bien. Elles sont à cinquante euros. Vous ne trouverez ça nulle part ailleurs.

Muselier, qui jusqu'à cet instant était resté effondré, immobile dans le sable, se redresse à grand-peine. Il titube jusqu'à la portière du conducteur. Cet homme qui parle tant a forcément de quoi boire ! Au moment où il pose la main sur la poignée, il entend le clic sonore du verrouillage automatique. L'homme, derrière lui, jette un rapide coup d'œil alentour pour vérifier que personne n'écoute :

– Est-ce qu'un dernier petit geste commercial vous ferait plaisir ? Disons... quarante-cinq euros ! En dessous, comme on dit : je bouffe la grenouille ! Vous connaissez l'expression : bouffer la grenouille, n'est-ce pas ?

Muselier ne sait pas où il trouve encore la force d'empoigner le type au collet et de le soulever du sol.

– De l'eau, nom de D..., donnez-moi de l'eau !

– Je comprends, suffoque l'homme, vous... vous

trouvez que le choix des coloris est grff... limité, mais sachez que je suis loin de vous avoir grff... présenté toute la gamme et...

La suite est inaudible, on entend des mots comme *livraison, délai de paiement, confiance* et *Bel Auvergnat.*

Muselier retombe au sol et perd connaissance, épuisé par son effort. Quand il revient à lui, la voiture démarre lentement. L'homme, souriant, a passé son coude à la vitre ouverte.

– Tenez, je vous laisse ma carte au cas où vous auriez des regrets. N'hésitez pas...

A la radio, les auditeurs ont voté « encore » à 65 %, et Mortimer Schumann chante : *J'ai tout oublié-é-é-é du bonheu-eu-eu-eu-eu-eur. Il neige su-u-u-u-ur le lac Majeu-eu-eur.*

Jean-Philippe Muselier va périr de déshydratation. Sa tête explose, il tremble de fièvre. Il donnerait son âme pour un verre d'eau. Il songe à ses enfants, au remords qu'ils auront à l'annonce de sa mort. Bien fait ! Il se hisse à quatre pattes en haut d'une dernière dune. Si de là-haut il ne voit rien, il abandonnera le combat.

Il bascule sur l'arête douce et n'en croit pas ses yeux. L'auberge, au milieu des sables, a toutes les apparences d'un mirage, mais elle n'en est pas un. Un panneau sur pied, décoré d'un verre de menthe hérissé de trois pailles, annonce :

Coca-Cola : 1,00 €
Orangina : 1,00 €
Bière : 1,00 €
Eau minérale 33 cl : 1,00 €

Muselier fouille ses poches, fébrilement. Il y trouve deux euros et les serre dans son poing en se laissant glisser dans le sable. Il se traîne jusqu'à la porte, se lève, la frappe des deux poings. Un homme à tête de brute, bras et jambes écartés du corps comme si les muscles trop volumineux les repoussaient vers l'extérieur, ouvre et le toise. Ses cheveux sont ras, un trousseau de clefs pendouille à sa ceinture. Il ressemble à un videur de boîte de nuit.

– C'est pour quoi ?

– Boire, gémit Muselier, en présentant ses deux euros dans sa main ouverte. Boire...

– Désolé, dit l'homme, le port de la cravate est exigé dans notre établissement.

Et il lui claque la porte au nez.

Côté dames

de Mikaël Ollivier

Je suis né un 14 mars, sous le signe du poisson. Dans l'eau, qui plus est, ma mère ayant opté pour cette méthode d'accouchement censée éviter au nouveau-né une venue au monde trop violente.

Je suis donc passé « en douceur » de la chaleur du liquide amniotique du ventre de maman à celle de l'eau d'une baignoire géante. C'est dans ces premiers instants aquatiques qu'il faut chercher la raison de ma passion, mon enfance et mon adolescence durant, pour la piscine.

C'est en tout cas la version officielle des choses.

Jusqu'à mes sept ans, je suis allé à la piscine de ma ville une fois par semaine avec ma mère, le samedi matin. Comme j'étais encore trop jeune pour me changer tout seul, je l'accompagnais dans les vestiaires des dames. J'y partageais avec elle une cabine d'habillage et de déshabillage, puis passais par la douche commune.

J'étais un mignon petit garçon aux cheveux bouclés, et toutes les femmes me trouvaient adorable. Aucune, en tout cas, ne voyait en moi autre chose que ce que j'étais effectivement : un enfant. Elles avaient souvent un mot aimable à mon intention, de cette voix de tête aux intonations maternelles que prennent naturellement les femmes quand elles s'adressent à un petit, et ébouriffaient parfois mes cheveux avant de se doucher.

Celles qui étaient sur le chemin du bassin m'intéressaient peu. Elles ne restaient que quelques instants sous la douche avant de nager comme l'imposait le règlement. Ce sont celles qui avaient terminé leurs longueurs qui retenaient toute mon attention. Ma passion, devrais-je dire. Car si ces souvenirs sont déjà anciens, des images me reviennent encore nettement de ces femmes aux bras levés, poitrine haute et palpitante, en train de se shampouiner les cheveux, ou penchées en avant pour se savonner une jambe puis l'autre à deux mains, comme l'on se masse. Elles étaient jeunes ou mûres, grandes ou petites, rondes ou fines. Certaines avaient un large bassin, d'autres la taille osseuse. Il y avait de fortes poitrines et d'étroites épaules, des clavicules saillantes, des chevilles fines ou épaisses, des ongles de pieds vernis ou non. A mes yeux, toutes ces femmes étaient magnifiques. Des déesses. J'aimais particulièrement les maillots blancs, qui, une fois mouillés, révélaient plus qu'ils ne cachaient, laissant paraître des zones d'ombre qui suggéraient à l'enfant que j'étais que la vie pouvait offrir davantage que ce qu'on voulait bien me dire.

Certaines, une fois le shampooing terminé, roulaient le haut de leur maillot une pièce jusqu'à la taille et se savonnaient le buste. Je revois encore ces mains faire naître la mousse sur la peau et ne perdais rien de la coulée de savon qui glissait entre les seins jusqu'au nombril. De temps en temps, l'une de ces grâces finissait par enlever complètement son maillot avec un naturel qui me coupait le souffle.

Le mois de septembre était celui qui me troublait le plus car sous les maillots de piscine étaient encore visibles les traces fantomatiques de ceux des bains de mer de l'été.

J'avais quatre, cinq, six ans et je n'avais rien vu au monde de plus beau que ces femmes qui ne faisaient pas attention à moi, discutaient souvent entre copines de sujets qui, si leur sens m'échappait la plupart du temps, ne m'en semblaient que plus importants. Revigorées par l'effort, la baignade, l'absence des hommes, elles étaient joyeuses, parlaient fort pour couvrir le bruit des douches et riaient fréquemment à gorge déployée. Avant de retrouver le cours de leur vie, leur mari, leurs enfants ou leurs collègues, elles étaient elles-mêmes pour quelques minutes, libres, superbes, et j'étais le témoin béat de ces instants de vérité.

Bien sûr, ce n'étaient que des instants. Car si je faisais traîner ma propre toilette, me shampouinant les cheveux avec un souci du détail inégalable, ma mère, une fois sa propre douche terminée – elle n'osait jamais enlever son maillot et avait mis au point une technique complexe pour parvenir à se savonner et se rincer sous le tissu invariablement bleu marine –, me disait de me dépêcher car il fallait encore passer à la boulangerie avant de rentrer préparer le déjeuner, et toujours, finissait par soupirer en se demandant comment elle avait pu « faire un lambin pareil... ».

J'étais sans doute, chaque samedi, le plus propre des enfants de mon âge. Je ressortais groggy de la piscine, la tête pleine de nouvelles images qui m'accompagneraient jusqu'à la semaine suivante, instants volés dont l'accumulation, de samedi en samedi, composait mon jardin secret.

Mais un mois après mon septième anniversaire, ma mère a prononcé une phrase dont chaque mot s'est gravé douloureusement dans mon esprit :

– Tu es un grand garçon, maintenant. Tu peux te débrouiller tout seul chez les messieurs.

« Chez les messieurs » désignait les vestiaires des hommes, à gauche de la caisse de la piscine. C'était la réplique exacte de ceux des dames, à l'exception de la couleur de son carrelage qui était d'un bleu légèrement plus foncé. Même enfilade de cabines, identique alignement de paniers porte-vêtements en plastique rouge dont il fallait mémoriser le numéro, les six W.-C. auxquels, côté messieurs, s'ajoutaient trois urinoirs encore trop hauts pour moi, les douches communes, puis le pédiluve menant aux vingt et une marches qui montaient vers la piscine.

C'est là, par contraste, que mon adoration pour les femmes a pris toute son ampleur.

Mais comment faisaient-elles pour supporter les hommes ? Comment ces divinités de ma petite enfance pouvaient-elles côtoyer des êtres si primaires, si épouvantablement poilus (parfois jusque dans le dos), affublés d'horribles *slips* de bain, se douchant sans aucune grâce, à la va-vite, voire en sifflotant?... Je me souviens, à cet âge où j'avais encore une vision très sommaire de l'amour, de m'être plus d'une fois félicité d'être un garçon, car ainsi, plus tard, je ne serais pas obligé de me marier avec un homme. Quelques années après, ayant acquis au collège un peu plus de vocabulaire, je me suis fait à maintes reprises la réflexion que, si j'avais été une femme, j'aurais été lesbienne.

Ne pourrais-je jamais retourner dans les vestiaires de mon enfance? Mon bonheur était-il définitivement évanoui? Ces instants de douceur, de grâce et de mystère du samedi matin disparus, tels ces personnages imaginaires que j'avais abandonnés sur le chemin des années ou ces passages piétons qui n'étaient plus que très rarement des ponts suspendus au-dessus de fleuves infestés de crocodiles?

Si la disparition de la magie du monde était le prix à payer pour devenir un homme, je préférais rester un enfant toute ma vie, au chaud, côté dames.

Il m'a fallu plusieurs semaines de désœuvrement avant de découvrir que tout n'était pas perdu.

Les vestiaires messieurs, sur toute leur longueur, étaient percés de cinq hublots donnant sur la piscine, un bon mètre cinquante sous le niveau de l'eau. Ces ouvertures devinrent instantanément (et momentanément) celles du Nautilus, et je restais immobile de longues minutes devant l'une de ces lucarnes, hypnotisé par cette vision sous-marine, jusqu'à ce qu'une première nageuse passe dans mon champ de vision. Son corps seulement, sa tête étant invisible pour moi puisqu'elle la maintenait au-dessus de la ligne de flottaison.

Dans la lumière trouble et mouvante qui régnait sous l'eau, la peau des femmes semblait très blanche et leurs jambes interminables, animées d'une vie propre, fantastique et enivrante. De ce point de vue, les mouvements de brasse étaient le plus fascinant des spectacles, étrange danse inversée sur laquelle se focalisait toute mon attention au point de me faire perdre la notion du haut et du bas.

Ces hublots étaient chacun une échappée vers le monde si amèrement regretté des femmes, et avec le temps, au fil des semaines, des mois et des années, j'ai affiné ma technique d'observation. J'ai vite appris que tel hublot percé dans le petit bain me donnait parfois l'occasion de contempler les jambes d'une femme accrochée au bord de la piscine pour une séance d'aquagym tout contre ma lucarne, alors que celui du grand bain me permettait de savourer la brusque et aléatoire apparition de celles qui sautaient du plongeoir (même si, statistiquement, beaucoup plus de garçons et d'hommes pratiquent le plongeon). Là, toujours, les chairs vibraient souplement sous la violence de la rentrée dans l'eau, comme parcouru d'une vague interne, et les plongeuses les plus aguerries se transformaient en sirènes remontant à la surface d'un habile coup de reins. Quelquefois – et je guettais inlassablement ces instants précieux tant ils étaient rares –, un sein échappait subrepticement au tissu d'un maillot ou, plus rarement (ne serait-ce que parce que peu de filles, passé dix ans, portent des maillots deux-pièces à la piscine), une culotte glissait jusqu'aux genoux.

Durant ces quelques années, je nageais peu, réduisant au minimum ce qui séparait mon passage aller aux vestiaires de celui du retour.

Ce n'est qu'à compter de mes douze ans que je suis devenu un grand nageur. A partir du jour où mes parents m'ont offert ma première paire de lunettes de natation.

Plus besoin d'observer de loin, caché derrière les hublots des vestiaires, je pouvais enfin nager les yeux ouverts et évoluer librement dans ce monde étourdissant qui se cachait sous la ligne de flottaison.

Même si j'étais plus performant au crawl, j'ai adopté à plein temps la brasse coulée qui me permettait d'avoir la tête sous l'eau, de face, beaucoup plus longtemps. Et je réglais mon allure sur celle des femmes que je suivais, gardant soigneusement la bonne distance pour ne rien perdre du spectacle de leurs jambes en mouvement, de leurs fesses en plein effort, et ne prenant jamais ma respiration au moment où elles viraient aux cinquante mètres devant moi et faisaient donc quelques brasses dans ma direction, seins à la fois libres et contenus.

Je me reposais le plus rarement possible, ne m'arrêtant que pour essuyer de temps en temps la buée qui finissait par se déposer sur mes inestimables lunettes de piscine.

J'ai fait ainsi des kilomètres, et suis devenu un excellent nageur sans même m'en rendre compte entre mes douze et mes dix-sept ans.

Mais à cet âge, la vue ne me suffisant plus et mon manque d'assurance ne m'ayant pas encore permis d'aborder les femmes plus intimement, de retrouver cette proximité paradisiaque de ma petite enfance, rongé par la frustration, je m'étais mué en un adolescent silencieux et solitaire. Le monde m'était devenu douloureux, hostile, et seule la piscine – son odeur, sa moiteur, le bruit mat des portes de ses cabines, la vapeur chaude dans les douches, le parfum de chlore qui restait sur ma peau même après m'être savonné – ressemblait encore à la douceur perdue de mon enfance.

J'y allais deux fois par semaine, mais exclusivement pour nager, désormais. Toujours à l'heure précise de l'ouverture car je tenais à être le premier à entrer dans l'eau, à troubler son fil encore lisse. Je prenais chaque fois le couloir du milieu, celui qui était le moins fréquenté, car par-dessus tout, j'aimais nager seul.

Pourtant, un matin, bien qu'ayant été le premier à passer le contrôle des tickets, une silhouette nageait déjà dans le couloir central, *mon* couloir, quand je suis sorti des vestiaires messieurs. La personne, qui portait un bonnet de bain blanc, pratiquait remarquablement bien la brasse coulée, nageant vite en faisant étonnamment peu de remous, parfaite alliance de puissance et d'élégance. Ce ne pouvait être qu'une femme.

Contrarié par cet accroc à ma routine quasi superstitieuse, j'ai descendu l'échelle en enfilant mes lunettes de natation avec la ferme intention de reprendre possession de mon territoire.

Je me suis lancé de mon meilleur crawl, comptant doubler l'intruse avant les premiers cinquante mètres.

Mais, par bonheur, Sophie (je devais apprendre son nom quelques jours plus tard) était une grande sportive et, à bout de souffle après deux cents mètres, j'ai abandonné le crawl pour la brasse coulée, et redécouvert combien nager derrière une femme pouvait être exquis.

De huit ans mon aînée, Sophie était magnifique, la plus belle de toutes celles que j'avais observées à leur insu depuis six ans que je possédais des lunettes de piscine.

Nous avons ainsi parcouru deux mille mètres sans un arrêt. Vingt allers-retours au fil desquels les mouvements de Sophie se sont faits de plus en plus appuyés et amples. De plus en plus généreux...

Sophie ne devait m'avouer que cinq ans plus tard qu'elle avait immédiatement compris mon petit manège.

C'était le lendemain de notre mariage.

– Et tu m'as laissé faire sans rien dire ? lui ai-je alors demandé.

– Pourquoi pas ? m'a-t-elle répondu avec cet air mutin que j'aime tant. Tu oublies que, moi aussi, je portais des lunettes de piscine !

illustrations de Pef

L'idiot impérial

de Pef

Wing, Empereur de Chine, mi-idiot, mi-figue, mi-raisin, avait pour animal de compagnie un porc-épingle nommé Bing. Cette bête docile promenait sur le monde son œil rond en bouton de pantalon de soie et passait le plus clair de son temps à dormir au fond du jardin finement ratissé de son empereur.

Comme Bing menait une vie de grain de riz sans histoire, nous n'en parlerons plus et nous nous intéresserons plutôt à Hooooooo, pêcheur aux simples habits en fils de vers à soie qui, dès le lever du soleil, se rendait le long de la rivière Remoulaké, rivière sans milieu, pour tenter d'y pêcher les quelques poissons suffisant aux repas de ses calmes journées élastiques suivant le rythme des quatre saisons du monde.

Avec, à midi :

Friture de goujons confits,
Salade d'ablettes à l'encaustique,
Gardons râpés reconstitués
ou
Filet de chevesne à larges mailles

Et, le soir :
Truite aux contraventions,
Anguilles écaillées du golfe
ou
Écrevisses cruciformes.

Au beau début d'un jour, Hooooooo, fixait le bouchon-plume de sa ligne. Il remarqua, comme s'il s'agissait de la première fois qu'il venait pêcher en cette place, le sens du courant de la rivière Remoulaké :

– Ho, se dit Hooooooo qui n'était pas très bavard.

Un petit poème revint alors sur les rives de la mémoire :

De ta main gauche
A ta main droite
Le monde passe
Qui sent la mélasse.

– Ho, fit de nouveau Hooooooo, ça c'est bien vrai, et les rides de son visage jouèrent aux ruisseaux altérés le long des joues.

Le bouchon de sa ligne filait de la gauche vers la droite et, selon le rite inlassable, Hooooooo releva sa canne et la déplaça pour permettre au bouchon de reprendre un peu plus haut le sens du courant. Lorsque le soleil eut enfin raccourci les ombres à sa façon, Hooooooo décida de changer de coin et traversa la rivière par le petit pont de bois verni rouge.

Il s'assit en face du coin qu'il venait de quitter. Ainsi il n'aurait plus sous les yeux le reflet de la lumière comme la menace d'une lame ondoyant au bout de son nez.

Curieusement, le même petit poème le chatouilla encore :

De ta main gauche
A ta main droite
Le monde passe
Qui sent la mélasse.

Hooooooo jeta sa plume vers l'eau, le bouchon entreprit sa course de la droite vers la gauche et un drôle de petit sourire naquit sur les lèvres du pêcheur.

Quand l'automne apporta la signature ventée, odorante de ses feux d'herbes, et le catalogue des couleurs pour arbres, il se répandit une bien étrange rumeur.

Un homme, à lui tout seul, avait le pouvoir de changer le sens du cours des rivières. On en parlait sur les marchés inouïs, aux marches des palais et dans les rizières aussi innombrables qu'inondées.

L'Empereur Wing, à qui le moindre ragot était rapporté tout chaud pour qu'il le rumine afin de le bien comprendre, demanda plus de renseignements sur ce prodige. Il apprit que l'homme en question, pêcheur, se faisait appeler Hooooooo et vivait derrière les sept collines de la quatrième région.

Alors, l'Empereur entreprit de se déplacer en personne pour assister au miracle. Il fit laver ses trois cent huit éléphants, habilla de neuf ses quatre mille danseuses et s'entoura d'une garde personnelle de huit cent quatre-vingt-trois mille hommes armés jus-

qu'aux dents et même plus haut puisque les reflets de leurs casques dessinaient un fleuve de feu.

Très loin derrière ce cortège trottinait Bing, le porc-épingle aussi nul que de coutume.

L'Empereur fit savoir à Hooooooo qu'il serait au premier matin suivant, la dernière nuit sans lune, le long de la rivière Remoulaké, face aux amusants nénuphars.

Ce fameux matin venu avec tous ses doigts de rose, Wing prit place sur son trône de voyage décoré de pétales de myosotis disposés en quinconces dorés. Il se fit présenter Hooooooo, qui, sur la berge, tendit sa main gauche, puis sa main droite.

– Je vois bien, roucoula l'Empereur de sa voix de métal fondu, que la rivière coule de la gauche vers la droite !

– Et sent la mélasse, barrirent les éléphants shampouinés à la crème de tulipe.

– Maintenant, ordonna Wing de toutes ses cordes vocales en or, fais que le courant à face de pangolin change de sens !

Hooooooo s'inclina et se dirigea vers le petit pont de bois verni rouge pour traverser la rivière. Sur l'autre rive, il tendit les mains dans les deux fameuses directions :

– Voyez, mon Empereur, souligna-t-il, à présent la rivière s'enfuit sans protester de la droite vers la gauche.

– Mais je peux le faire moi aussi, s'enorgueillit Wing, qui, d'une rive à l'autre, répéta les gestes du pêcheur. En changeant le sens du courant des ruisseaux souffreteux, des rivières rondouillardes et des fleuves aplatis, je modifierai le monde de mes ennemis ! Je noierai leurs terres ou je les assécherai, j'éteindrai la neige fleurie des cerisiers ou je ferai des montagnes des océans de bouillasse. Et j'affolerai sans répit les poissons qui supplieront à genoux mes impérieux pêcheurs de les sortir de là. Qu'on me prépare une barque, nom d'un Bing !

Et on lui prépara une barque de jonc.

– Qu'on me souhaite bon voyage !

Et on lui souhaita un bon voyage en soie prudente.

– Qu'on me dise au revoir !

Et on ne le revit pas.

Car, à s'agiter sur sa barque, à se tourner tantôt d'un côté, tantôt de l'autre pour commander à la rivière le sens de son courant, il perdit l'équilibre et la vie.

Sa chute engendra dans le miroir brisé des eaux fraîches mille cercles qui coururent au bout de l'empire annoncer la noyade de cet impérial idiot.

En souvenir de cette banale aventure Hooooooo décousit le o du mot idiot et le noua aux autres o de son nom. A la fin de sa vie il y avait tant de o au collier de son nom que celui-ci semblait couler d'un bout à l'autre du monde, comme le bon sens.

Quant à Bing le porte-épingle, nul ne sait ce qu'il devint. Peut-être boudin à Pékin, ou crottin à Nankin.

L'eau a besoin de l'arbre

de Marie-Sabine Roger

Vous me verrez ici, chaque jour. Rien ne pourrait m'empêcher de venir.

La première fois, j'avais sept ou huit ans, peut-être ? Je ne sais plus exactement.

Au tout début du jour, quand la chaleur est encore supportable, j'échappais à la surveillance des adultes endormis, et je sortais par la grande porte de la ville, celle qu'empruntent les marchands quand ils arrivent avec leurs caravanes. Je filais tout le long du sentier qui descend en longeant les hauts remparts de terre sèche.

Je dépassais la ville et je courais, les bras grands écartés, luttant contre le vent du sud, en suivant un parcours magique, imaginaire, que j'étais seul à voir.

Je m'inventais des dragons à combattre, je croyais voir surgir fantômes ou génies dans chaque tourbillon de poussière. Et je poussais toujours ma route un peu plus loin.

Un matin, je me suis retrouvé au bord de la falaise, à l'endroit où la terre semble se briser net et où l'on domine soudain un horizon de pierres rouges et de sable, à perte de vue.

Personne n'avait jamais dû aller aussi loin avant moi.

C'était certainement une terre inconnue ! En tout cas, j'en étais convaincu.

Je me suis assis là, les jambes dans le vide, et j'ai eu l'impression de chevaucher le ciel.

Je me serais cru seul au monde. Et puis, au bout d'un long moment, j'ai aperçu ce vieil homme, en contrebas. Il remontait à petits pas prudents un sentier escarpé qui courait à flanc de falaise. Il allait lentement et je le suivais du regard tout en me demandant, avec la cruauté naïve des enfants, à quel moment j'allais pouvoir enfin assister à sa chute.

Après un temps infini, il a rejoint le plateau, puis il s'est dirigé vers moi.

Il semblait très âgé. Il avait cette marche hésitante des vieillards, trahis tout autant par leur vue que par la faiblesse de leurs jambes. Il tenait quelque chose entre ses mains.

Arrivé presque à ma hauteur, il s'est arrêté, s'est retourné vers le désert, la vallée rouge, l'infini. Il restait à ce point immobile qu'il devenait roche dans les rochers, pierre parmi les pierres. Je l'observais, de mes yeux aigus et curieux, mais lui ne me regardait pas.

L'objet qu'il portait avec tant de précaution, dans le berceau de ses deux mains serrées, ce n'était qu'une jarre en terre.

J'ai vu cet homme ce jour-là, pour la première fois.

Le lendemain, il remontait la pente, à la même heure.

Et le surlendemain.

Et puis les jours suivants.

L'ascension lui était toujours également pénible, et sa marche aussi lente, et son souffle aussi court. La jarre paraissait être son plus précieux trésor. Et contempler le vide, son meilleur passe-temps.

Les très jeunes enfants n'ont pas peur de s'adresser aux grands. Au bout d'une semaine, je suis allé m'asseoir près de lui, un soir, et je lui ai dit :

– Tu fais quoi ?

Il n'a même pas tourné la tête.

Mais il m'a répondu, d'une voix étrangement basse, comme si nous échangions un secret :

– Sais-tu qu'en bas de la falaise, il y a longtemps, il y avait un fleuve gigantesque ?

Un fleuve ?! Oui, bien sûr !.... Un fleuve de terre, non ? Un fleuve en poudre fine, en sable prêt à envahir le moindre creux, la moindre faille. Un cours d'eau pétrifié, à la peau dure et craquelée. Juste bon à charrier la chaleur et le sel.

J'ai ri.

Le vieil homme n'a pas semblé surpris. Il m'a expliqué que, même si je ne le croyais pas, oui, il y avait eu de l'eau dans ce désert. Vraiment. Une eau vivante, frissonnante, emplie d'algues et de poissons.

Comme je secouais toujours la tête, un peu moqueur, il a sorti de sa poche un de ces éclats de roches imprimés de signes bizarres, que l'on trouve parfois au hasard du chemin.

– Tu vois, cet étrange dessin, qui ressemble à un drôle de petit serpent qui se serait enroulé sur lui-même ? Tu le vois, en creux, là, sur cette pierre ?

J'ai dit oui. Je voyais très bien.

– C'est l'empreinte d'un animal qui a vécu ici. Il devait vivre au fond de l'eau.

– Une bête de fleuve ?

Il a hoché la tête.

– Oui. Et sur les berges de ce fleuve, à cette époque-là, il y avait aussi des arbres. Et des herbes. Des fleurs et des oiseaux.

Il me montrait, d'un geste large, les dunes, à nos pieds. Notre univers de terre vide.

J'ai regardé, malgré tout, espérant voir surgir quelque fantôme d'arbre, ou le frémissement furtif d'un animal. Mais il n'y avait rien. Alors j'ai demandé :

– Pourquoi il n'y en a plus, des arbres ?

– Parce que les hommes sont venus. Ils ont eu besoin de bois pour se chauffer, pour faire leur cuisine et bâtir leurs maisons. Ils ont d'abord coupé les arbres les plus proches. Puis les suivants. Enfin, ils ont dû marcher de plus en plus loin, de plus en plus longtemps, pour le trouver, ce bois indispensable.

– Mais l'eau ? Où elle est, l'eau ?

– Elle n'y est plus, puisqu'il n'y a plus d'arbres... L'eau a besoin de l'arbre autant que l'arbre a besoin d'elle.

– Pourquoi ?

– Tu vois, à peine un arbre meurt, le désert prend sa place. Lorsqu'il n'y a plus assez d'arbres, la sécheresse envahit tout. Et, très vite, plus rien ne peut la repousser. L'eau qui dormait à l'abri des racines, qui courait dans la sève, ou restait protégée par l'ombre des feuillages, l'eau se retrouve à nu, s'évapore, ou bien elle disparaît sous terre, puisque rien ne la retient plus.

– Et alors, ça fait quoi ?

– La vie s'en va, le désert gagne. Hommes et animaux souffrent ensemble de soif, et meurent. Pour que les enfants vivent, il faut planter des arbres.

Le jour suivant, j'ai demandé au vieil homme pourquoi il descendait tous les jours, avec sa cruche de terre. Qu'est-ce qu'il allait faire, là-bas ?

Il m'a dit :

– Si tu veux, demain, tu viendras avec moi. Tu verras.

Je n'ai pas bien dormi, cette nuit-là. Je me demandais de toutes mes forces ce que j'allais découvrir au pied de la falaise. Quel mystère, quelle magie ?

J'imaginais un animal monstrueux, une de ces bêtes de fleuve, en serpent de pierre enroulé, que le vieil homme aurait dressé, et qu'il irait nourrir chaque soir en cachette.

Le monstre ouvrirait sa large gueule en me voyant, me goberait comme une datte.

Le lendemain j'ai suivi l'homme, ou plutôt je l'ai précédé, car mes jambes étaient vives et j'avais le pied sûr. C'était moi qui portais la jarre. Elle était lourde, remplie d'eau.

Le sentier était très étroit, mais pas autant que j'aurais pu le craindre.

Arrivé en bas, j'ai attendu que le vieil homme me rejoigne, et qu'il me montre le chemin.

Nous n'avons pas marché longtemps.

Lorsque nous sommes arrivés, j'ai su que c'était là, je l'ai su tout de suite.

Il y avait un petit carré de terre travaillé, quelques outils appuyés contre une roche noire.

Et puis une dizaine d'arbres.

Ils n'étaient pas bien grands, ni vigoureux, mais on sentait qu'ils étaient obstinés. Qu'ils n'allaient pas se laisser faire par le vent, ou par le soleil brûlant. Deux ou trois brins d'herbe poussaient à leur pied, à l'ombre du maigre feuillage.

J'étais un peu déçu. C'était ça, le secret ? Quelques arbres mités ?

Le vieil homme a montré la jarre. Il m'a dit :

– A toi l'honneur, si tu veux.

J'ai arrosé les petits arbres, et l'herbe aussi. Et soudain, sans savoir pourquoi, je me suis senti important. J'ai flatté d'une main timide les branches fines et noueuses, la peau d'éléphant de leurs troncs. J'ai demandé :

– Quel âge ils ont ?

– Ils auront bientôt quarante ans. C'est moi qui les ai plantés.

– Pourquoi tu n'en as pas mis plus ?

– Il fallait que le désert s'y fasse, qu'il accepte de reculer. Cela lui a pris beaucoup de temps.

– Je pourrai en planter, moi aussi, maintenant ?

– Si tu es sûr de t'en occuper, oui. Seulement, si tu plantes un arbre, tu en deviendras responsable, tu devras revenir pour lui donner de l'eau, tant que l'eau ne viendra pas jusqu'à lui toute seule. Réfléchis. Il vaut mieux ne pas commencer ce qu'on n'est pas sûr de finir.

J'ai réfléchi. Et je suis revenu, en portant une jarre.

Le vieil homme est mort depuis bientôt dix ans. Je me suis occupé de ses arbres, pour qu'ils ne soient pas orphelins. Ce sont les grands frères des miens.

Il y a eu quelques fleurs, l'an passé. Et cette année, j'ai eu ma première récolte : trois fruits mûrs qui ont fait le régal des oiseaux.

Aujourd'hui, mes enfants m'accompagnent. Et mes petits-enfants suivront aussi. Je l'espère en tout cas. S'ils veulent bien prendre la suite, un jour, l'eau reviendra.

Et leurs enfants feront la sieste à l'ombre.

Le Puits

Jacqueline Duhême

En 1942 à Paris on mourrait de faim au couvent du Saint ♡ de Marie rue de Picpus ; nos 350 grammes de pain journaliers étaient devorés aussitot distribués...

Aussi, lorsque la mére superieure proposa à ma mére une place de vachére pour moi en anjou, ma mére accepta - Au moins je mangerai à ma faim. et un appétit de 13 ans!..

Je commençais à réver...

arrivée en Anjou, Bien sure il y avait les gentilles ; la chienne Folette m'aidait bien et

Dans le seau étaient toujours quelques Kilogs de beurre au frais.

Le problème commença lorsque la fermière m'annonçat qu'avec les bêtes j'étais responsable de l'eau, donc du puits.

a chaque fois après avoir remonté l'eau il fallait redescendre le beurre.

Il y avait aussi les cochons, il fallait deux seaux pour eux que je mélangeais avec du son des pommes et des pommes de terre cuites.

vaches à emmener au pré, elles étaient
la campagne était si belle!

Dés l'aurore il fallait remonter un seau pour
le café des hommes. Puis, pour la soupe du
premier repas.

et le soir, l'eau pour la soupe.
Quand la journée terminée j'allais
dormir. Je rêvais à des robinets.

Le lendemain au lever du soleil ça recommencait! le puits était en face de la maison dans le potager. Il fallait pousser le portillon à chaque fois, poser ses seaux et les reprendre afin que les poules n'aillent pas dans le potager, bien le refermer.

Un jour pour soigner une vache il fallut beaucoup d'eau bouillie; des seaux des seaux!

du puits à la marmite de l'âtre et au taie des vaches; que d'aller et venues...

À l'automne suivant; rentrée à Paris, je me fis couler un verre d'eau au robinet. J'avais appris le poids et la valeur de L'EAU!

le combat humanitaire...

L'Écrit du Cœur

L'association L'Écrit du Cœur a été créée par deux jeunes écrivains, Valentine Goby et Jean-Félix de La Ville. Elle compte désormais un collectif de plus de soixante écrivains de maisons d'édition, de culture, de sensibilités littéraires différentes, qui font sa richesse.

L'Écrit du Cœur s'appuie sur des partenaires multiples en fonction des projets : maisons d'éditions, librairies, Maison des écrivains...

Le but : fédérer les écrivains autour d'actions de solidarité

Pourquoi des écrivains ? Nous ne croyons pas que l'artiste ait plus qu'un autre le *devoir* de dénoncer l'injustice, de défendre le faible ; l'artiste offre tous les possibles en terme de réflexion, de création, de pensée, c'est cela son métier, sa passion, et peut-être sa raison d'être. Mais nous croyons qu'il revient à tout homme de lutter pour un monde meilleur ; c'est donc en tant qu'homme que l'artiste doit agir. Et s'il agit à travers son art, c'est parce que son art est ce qu'il fait le mieux.

Les personnes qui désirent soutenir les initiatives de l'association peuvent s'adresser à :

L'ÉCRIT DU CŒUR
c/o Valentine Goby
3, rue du Docteur-Heulin
75017 Paris
lecritducoeur@aol.com

Solidarités

L'eau tue chaque jour 22 000 êtres humains, soit 15 personnes chaque minute, soit 8 millions d'êtres humains par an dont la moitié d'enfants*. C'est la première cause de mortalité, menaçant 1,2 milliard d'êtres humains qui n'ont pas accès à l'eau potable.

Typhoïde au Soudan (Darfour), choléra au Libéria, paludisme en Afghanistan, diarrhées en République démocratique du Congo, là comme ailleurs, depuis vingt-cinq ans, l'association SOLIDARITÉS combat chaque jour la source de toutes ces maladies.

Les volontaires et les hydrauliciens de l'association travaillent en permanence pour la distribution, le captage de source, le traitement et l'assainissement de l'eau, parce que l'eau potable est source de toute vie.

---

* Source : *Eau*, Michel Camdessus. Robert Laffont, septembre 2004 (page 26). Différents chiffres sont cités concernant le nombre de victimes. Nous nous référons à ce rapport pour le chiffre de 8 millions de décès.

Aujourd'hui, l'urgence pour l'eau est mondiale et notre combat est de donner l'eau pour la vie pour tous, chaque jour.

En 2004, c'est plus d'un million de personnes qui a bénéficié de l'action humanitaire de l'association SOLIDARITÉS.

Merci pour votre soutien en tant que lecteur de ce livre. Un message à faire passer… les gouttes d'eau font les grands fleuves.

Les personnes qui désirent soutenir les initiatives de l'association peuvent s'adresser à :

SOLIDARITÉS
Villa Souchet
105 avenue Gambetta
75020 Paris
tél: 01 43 15 13 13
www.solidarites.org

Scripto, c'est aussi...

Feuille de Verre
Kebir M. Ammi

Interface
M.T. Anderson

Ne fais pas de bruit
Kate Banks

La Maison des Lointains
Pierre-Marie Beaude

Leïla, les jours
Pierre-Marie Beaude

Quand on est mort,
c'est pour toute la vie
Azouz Begag

Tête de moi
Jean-Noël Blanc

Garçon ou fille
Terence Blacker

Fil de fer, la vie
Jean-Noël Blanc

Junk
Melvin Burgess

Lady
Melvin Burgess

Les Gitans partent
toujours de nuit
Daniella Carmi

Bonnes Vacances !
Collectif

Cher inconnu
Berlie Doherty

A la vie à la mort
Paule du Bouchet

On ne meurt pas,
on est tué
Patrice Favaro

Que cent fleurs
s'épanouissent
Feng Jicai

Ce que tu m'as dit
de dire
Marcello Fois

Voyage à trois
Deborah Gambetta

Septembre en mire
Yves Hughes

Polar Bear
Yves Hughes

Scripto, c'est aussi...

Boulevard du fleuve
Yves Hughes

Vieilles neiges
Yves Hughes

Mamie mémoire
Hervé Jaouen

Un papillon dans la peau
Virginie Lou

Enfer et Flanagan
Andreu Martín / Jaume Ribera

Sobibor
Jean Molla

Felicidad
Jean Molla

La Vie Blues
Han Nolan

Bye-bye Betty
Jean-Paul Nozière

Maboul à zéro
Jean-Paul Nozière

Romance royale
Tyne O'Connell

Mon nez, mon chat, l'amour et... moi
Louise Rennison

Le bonheur est au bout de l'élastique
Louise Rennison

Entre mes nunga-nungas mon cœur balance
Louise Rennison

A plus, Choupi-Trognon...
Louise Rennison

Syndrome allumage taille cosmos
Louise Rennison

Je Reviens
Marie Saint-Dizier

Miette de Lune
Nicky Singer

Le feu de Shiva
Suzanne Fisher Staples

Sans abri
Robert Swindells

La Guerre des Rêves
Catherine Webb

Porte-Poisse
Margaret Wild

Avez-vous vu Zachary Beaver ?
Kimberly Willis Holt

Loi n° 49-956
du 16 juillet 1949
sur les publications
destinées à la jeunesse
Couverture : anne catherine Boudet
P.A.O : Françoise Pham
Imprimé en Italie
par G. Canale & C.S.p.A.
Borgaro T.se (Turin)
Dépôt légal : Juin 2005
N° d'édition : 136632

ISBN 2-07-057140-8